KB115875

Love Songs, Flame and Shadow

Sara Teasdale

지은이

사라 티즈데일 Sara Teasdale, 1884.8.8~1933.1.29

미국 미주리주 세인트루이스에서 태어났다. 어려서부터 병약했던 그녀의 곁에는 늘 간호하고 돌봐주는 사람이 있었으며, 결혼 후에 출간한 시집 『사랑 노래』로 1918년에 미국 시협회가 주관하는 컬럼비아대학교 시상(퓰리처상)을 최초로 수상하였다. 그 외에, 『강물은 바다로』, 『불꽃과 그림자』, 『달의 음영』, 『오늘-밤 별들』과 유고 시집 『이상한 승리』를 남겼다. 간결성과 명료성, 고전적인 형식, 열정적이고 낭만적인 주제를 사라 티즈데일 시의 주요 특징으로 꼽는다.

엮고 옮긴이

김천봉 金天峯, Kim chunbong

1969년에 완도에서 태어나 항일의 섬 소안도에서 초·중·고를 졸업하고, 숭실대 영어영문과에서 학사와 석사, 고려대 대학원에서 박사학위를 받았다. 숭실대와 고려대에서 영시를 가르쳤으며, 19~20세기의 주요 영미 시인들의 시를 우리말로 번역하여 소개하고 있다. 최근에 『윌리엄 블레이크, 마음을 말하면 세상이 나에게 온다』를 냈다.

소명영미시인선 02
사라 티즈데일 시선집

사랑 노래, 불꽃과 그림자

초판인쇄 2024년 4월 21일 **초판발행** 2024년 4월 30일

지은이 사라 티즈데일

엮고 옮긴이 김천봉

펴낸이 박성모 **펴낸곳** 소명출판 **출판등록** 제1998-000017호

주소 서울시 서초구 사임당로14길 15 서광빌딩 2층

전화 02-585-7840 **팩스** 02-585-7848

전자우편 somyungbooks@daum.net **홈페이지** www.somyong.co.kr

값 11,000원

ISBN 979-11-5905-892-9 03840

ⓒ 소명출판, 2024

소명영미시인선 02

사라 티즈데일 시선집

사랑 노래, 불꽃과 그림자

Love Songs, Flame and Shadow

사라 티즈데일 지음
김천봉 엮고 옮김

차례

제1부/ 사랑 노래

E에게*

To E

나는 밤에 아름다움을 기억했습니다

검은 침묵에 맞서 깨어나 보니

소나기 같은 햇살이 이탈리아와

꿈꾸는 푸른 라벨로 고원**에 쏟아졌습니다.

나는 어둠 속에서 음악을 기억했습니다

언젠가 영국 숲에서 종달새 소리를 들었을 때

바흐의 푸가처럼, 바위 타고 노래하며

흘러가는 물소리처럼 맑고 경쾌-발랄한 소리였죠.

하지만 모든 기억된 아름다움은 이제

당신을 생각나게 하는 막연한 전주곡일 뿐이에요 —

당신은 내가 여태 알았던 가장 희귀한 영혼,

---

* "E"는 에른스트 필싱어(Ernst Filsinger)를 가리킨다. 사라 티즈데일은
1914년에 그와 결혼해서 1929년에 이혼하였다. 그는 사업을 하는 사람
이라서 출장이 잦았는데, 그 때문에 그녀를 외롭게 했다는 것이 이혼의
중요한 이유였다. 그러나 최초의 퓰리처상 수상 시집으로 통하는 티즈
데일의 『사랑 노래(*Love Songs*)』는 1917년에 나온 시집으로, 외로움마저
도 행복한 신혼 초기의 작품집이다.

** "라벨로"는 나폴리에서 남동쪽으로 35km 거리의 해발 350m 고지에 있
는 소도시.

아름다움의 연인, 가장 기사 같은 최고의 사람.

내 생각들은 해변을 찾는 파도처럼 당신을 찾고

당신을 생각할 때면, 나는 편안해집니다.

1

교환
Barter

삶은 사랑스러움을 품고 있어야 팔리죠

온갖 아름답고 화려한 것들,

절벽에 하얗게 부서지는 푸른 파도,

흔들흔들 노래하며 치솟는 불,

그리고 경탄을 컵처럼 품은 채

올려다보는 아이들의 얼굴들을요.

삶은 사랑스러움을 품고 있어야 팔리죠

금빛의 곡선 같은 음악,

빗속의 소나무 향기,

당신을 사랑하는 눈동자, 안는 팔,

그리고 당신 영혼의 고요한 기쁨을 위해

밤에 별들을 흩뿌리는 성스러운 생각들을요.

사랑스러움을 위해 당신이 가진 모든 것을 쓰세요

그것을 사되 그 비용을 계산하지 마세요.

하얗게 노래하는 평화의 한 시간을 위해

갈등의 수많은 해가 완전히 사라졌다고 치세요.

그리고 황홀의 한 숨결을 위해

당신의 지난 모습도, 미래 모습도 다 주세요.

땅거미
Twilight

꿈결 같이 지붕들 위로
차가운 봄비가 내립니다.
쓸쓸한 나무 속에서
웬 새가 울어, 울어댑니다.

시나브로 지구 위로
밤의 날개들이 추락합니다.
내 가슴이 그 나무 속의 새처럼
울어, 울어, 울어댑니다.

아말피에서 부르는 밤 노래[*]

Night Song at Amalfi

나는 별들의 하늘에 물었습니다
왜 내가 나의 사랑을 줘야 하나요.
하늘은 내게 침묵으로 답했습니다
드높은 침묵으로.

나는 어두워진 바다에 물었습니다
어부들이 내려가는 바다에 —
바다는 내게 침묵으로 답했습니다
가라앉는 침묵으로.

오, 나는 그에게 눈물을 흘려 보이거나
그에게 노래를 불러줄 수도 있습니다 —
하지만 어떻게 내가 침묵할 수 있겠어요
나의 온 평생을 내내?

---

[*] "아말피"는 나폴리에서 남쪽으로 70km 지점의 좁은 골짜기에 자리 잡
은 도시.

눈길

스트레폰은 봄에 나에게 키스했습니다
로빈은 가을에,
그런데 콜린은 그저 나를 바라볼 뿐
전혀 키스하지 않았습니다.

스트레폰의 키스는 익살로 넘겼습니다
로빈의 키스는 장난으로,
그런데 콜린의 눈에 깃들었던 키스가
밤낮으로 나를 따라다닙니다.*

---

* "스트레폰", "로빈", "콜린"은 16세기의 서정적인 연애 시에 자주 등장하
  는 목동들의 이름.

어느 겨울밤

A Winter Night

나의 창-유리에 별처럼 성에가 끼었네요
오늘 밤은 세상이 매섭게 춥군요
달은 잔혹하고, 바람이
마치 강타하려는 양날-검 같아요.

신께서 모든 집 없는 이들, 왔다 갔다 하는
거지들을 가엾이 여기기를,
신께서 오늘 밤에 등불-켜진 눈길을 걷는
모든 가난한 이들을 가엽게 여기기를.

나의 방은 흡사 6월 같이
따뜻하고 커튼이 겹겹이 바짝 드리워져 있어요
그런데 어디선가, 집 없는 아이처럼
나의 가슴이 추워서 울고 있네요.

울음소리
A Cry

오, 그가 볼 수 있는 눈과
그의 손을 기쁘게 할 손도 있어요
그런데 나의 연인에게 나는
한낱 목소리일 뿐인가 봐요.

오, 그의 머리를 받쳐줄 가슴과
그의 입술이 내리누를 입술도 있어요
그런데 죽을 때까지 나는
한낱 울음소리일 뿐인가 봐요.

선물
Gifts

나는 나의 첫사랑에 웃음을 주었습니다
나는 두 번째 사랑에 눈물을 주었습니다
나는 세 번째 사랑에 침묵을 주었습니다
그 세월 내내.

나의 첫사랑은 내게 노래를 불러주었습니다
나의 두 번째 사랑은 알아보는 눈을 주었습니다
그런데 오, 나의 영혼을 내게 선물한 이는
바로 나의 세 번째 사랑이었습니다.

그러나 나에게는 아닙니다
But Not to Me

4월 밤이 고요하고 향긋합니다
나무마다 맺힌 꽃송이들에요.
평화가 그 꽃들에 조용조용 다가갑니다
그러나 나에게는 아닙니다.

나의 평화는 그의 가슴속에 숨어 있습니다
내가 있지 않을 그곳에요.
사랑은 오늘 밤 다른 모두에게 다가갈 겁니다
그러나 나에게는 아닙니다.

카프리에서 부르는 노래[*]

Song at Capri

아름다움이 너무 커서 감당할 수 없을 때
어떻게 하면 내가 그 아픔을 덜까요,
아름다움이 괴로움보다 더
가슴을 부서지게 하는데요.

꽃송이 같은 섬들을 가슴에 품은 채
꿈꾸는 바다를 바라보는 지금,
온 세상에서 오로지 한 목소리만
나에게 평안을 줄 수 있는데요.

[*] "카프리"는 나폴리만 입구의 바위가 많은 섬.

아이야, 아이야

Child, Child

아이야, 아이야, 네가 할 수 있을 때
사람의 목소리와 눈과 영혼을 사랑해라.
그게 네 가슴을 찢더라도 두려워하지 마라 —
그 상처에서 새로운 기쁨이 생겨난단다.
그저 당당하게 기쁘게 완전하게 사랑해라
사랑이 천국일지라도 사랑이 지옥일지라도.

아이야, 아이야, 네가 할 수 있을 때 사랑해라
삶은 행복한 날처럼 짧나니.
네가 느끼는 것을 두려워하지 마라 —
오로지 사랑에 의해 삶은 실현된단다.
사랑해라, 죽을죄는 일곱이요,
사랑을 통해서만 너희는 천국에 들어갈 테니.

나를 사랑하라고

Love Me

내 위의 나뭇잎들 속에서
종일토록 노래하는 갈색-지빠귀야,
내 사랑에게 이 4월 노래를 들려다오
"나를 사랑해, 사랑해, 사랑하라고!"

그이가 너의 가사를 귀여겨듣거든
그이에게 말해다오, 나를 놓치지 않으려면
일 좀 그만하고 연기 좀 그만하고
나에게 키스해, 키스해, 키스하라고!

피에로

Pierrot

피에로가 정원의
이울어가는 달빛 아래 서서
자신의 류트를 퉁기며
섬세하고 은은한 곡을 탑니다.

피에로가 정원에서 연주합니다
그는 나를 위해 연주한다고 생각합니다
그러나 나는 완전히 잊힌 채
벚나무 밑에 있습니다.

피에로는 정원에서 연주하고
장미들도 다 알고 있습니다
피에로가 자기 음악을 사랑한다는 것을 —
그러나 나는 피에로를 사랑합니다.

들국화
Wild Asters

봄에 데이지꽃들에게 물었습니다
그의 말들이 진실이냐고,
그런데 영리한 맑은-눈의 데이지꽃들은
언제나 알고 있었습니다.

이제 들판은 갈색의 황량한 땅,
매서운 가을바람이 붑니다
그런데 빌어먹을 들국화 중에는
아는 놈이 아무도 없습니다.

콜린을 위한 노래

The Song for Colin

나는 황혼 녘에 저녁별 밑에서
노래를 불렀고
테렌스는 최신의 시를 남겨
멀리서 화답했습니다.

피에로가 류트를 내려놓고 울며
한탄했습니다. "그녀가 나를 위해 노래하는구나."
그러나 콜린은 사과나무 밑에서
무심한 잠에 빠져 있었습니다.

네 바람

Four Winds

"하늘을 헤치고 부는 네 바람아,

너희는 가엾은 처녀들의 죽음을 보았을 테니

나의 애인이 진실하게 하려면

내가 어찌하면 좋을지 내게 말해다오."

남쪽에서 불어오는 바람은 말했습니다

"그의 입에 키스해주지 마"

그리고 서쪽에서 불어오는 바람은

"그의 가슴속 마음에 상처를 입혀"

그리고 동쪽에서 불어오는 바람은

"축제에서 빈털터리로 그를 돌려보내"

그리고 북쪽에서 불어오는 바람은

"폭풍우 속에 그를 밀쳐내 버려.

네가 그보다 더 잔인하면,

그러면 사랑이 너에게 다정할 거야."

빚
Debt

깊이 오랫동안 나를 사랑해준
당신께 내가 진 빚이 뭘까요?
당신은 내 영혼에 날개를 달아 주거나
내 가슴에 노래를 불러준 적도 없죠.

하지만 오, 나는 사랑했으나
나를 전혀 사랑하지 않았던 그에게
나는 천국의 벽을 통과하는
열린 문을 빚졌습니다.

흠

Faults

사람들이 찾아와서 나에게 당신의 흠들을 말하더군요

그들이 그 흠들을 하나하나 열거했습니다.

그들의 말이 다 끝나자 나는 큰 소리로 웃었습니다

나는 이미 그 모두를 아주 잘 알고 있었거든요 —

오, 그들은 맹목적이라서, 너무나 맹목적이라서 알지
못했죠

난 당신의 흠들 때문에 더욱 당신을 사랑하게 되었는
데요.

묻힌 사랑

Buried Love

나는 사랑을 묻으러 왔어요
아무도 볼 수 없는
커다랗고 거뭇한 숲속
한 나무 밑에다가요.

나는 그의 머리맡에 꽃을 놓지 않고
발치에 비석을 세우지도 않을 거예요
내가 그토록 많이 사랑했던 입이
쌉쌀-달콤했으니까요.

나는 그의 무덤에 더는 가지 않을 거예요
그 숲은 추우니까요.
나는 기쁨을 따 모을 거예요
내 두 손이 쥘 수 있을 만큼 많이요.

나는 종일토록 햇살 속에 있을 거예요
자유로운 바람이 부는 곳에서요 ―
하지만 오, 밤이 되면 나는 울 거예요

아무도 모를 때니까요.

분수
The Fountain

깊고 푸른 밤 내내
분수는 홀로 노래했어요
돌에 새겨진·사티로스의
졸린 가슴에 대고 노래했죠.

분수는 노래하고 또 노래했어요
그러나 사티로스는 꿈쩍하지 않았죠 —
그저 커다란 하얀 달이
텅 빈 하늘에서 들었을 뿐이에요.

분수는 노래하고 또 노래했어요
그사이에 대리석 테두리에 앉아
우윳빛-하얀 공작들은 잠을 잤고
그들의 꿈은 이상하고 흐릿했죠.

밝은 이슬이 잔디에 맺히고
털가시나무에도, 이슬이 맺혔어요.
꿈꾸는 우윳빛-하얀 새들

역시, 모두 반짝거렸죠.

분수는 노래하고 또 노래했어요
아무도 알 수 없는 것들을요.
꿈꾸는 공작새들이 꿈틀거렸고
반짝이는 이슬-방울들이 떨어졌죠.

나는 신경 쓰지 않을 거예요

I Shall Not Care

내가 죽고 나의 몸 위에서 밝은 4월이
비에 흠뻑 젖은 머리칼을 흔들어 털 때
당신이 상심해서 내 위로 몸을 수그린다 해도
나는 신경 쓰지 않을 거예요.

나는 평화로울 거예요, 비에 가지가 휘어도
이파리 무성한 나무들이 평화롭듯이요.
그리고 나도 더 과묵하고 냉담해질 거예요
지금의 당신보다 더요.

이별 후에

After Parting

오, 내가 내 사랑을 아주 넓게 뿌렸으니
그이가 곳곳에서 그걸 발견할 거예요.
그 사랑이 밤에 그이를 깨울 거예요
그 사랑이 허공에서 그이를 껴안을 거예요.

나는 나의 그림자를 그의 눈앞에 드리우고
그 그림자에 욕망의 날개를 달아 주었어요
그 그림자가 낮에는 구름이 되고
밤에는 불화살이 될 수 있게요.

기도

A Prayer

내가 나의 영혼을 잃고 누울 때까지

대지의 아름다움에 눈멀고

소리치는 바람이 지나가도 귀먹고

폭풍 같은 웃음소리에도 말문을 닫은 채

내 심장이 마침내 꺼지고

내가 인간의 땅을 떠날 때까지

오, 내가 나의 온 힘으로 사랑하게 해주소서

내가 다시 사랑 받든 말든.

봄밤
Spring Night

공원이 밤과 안개로 가득 찼어요
베일들이 드리워져 세상을 감싸네요
졸음에 겨운 전등들이 길을 따라
희미하게 진주알처럼 빛나네요.

금빛의 가물거리는 텅 빈 거리들,
금빛의 가물거리는 안개 자욱한 호수,
물에 비친 전등들이 가라앉은 검들처럼
깜박이며 흔들리네요.

오, 나를 압도하는 이 아름다움과 함께
여기 있는 것으로 충분하지 않냐고요?
나의 목은 아리도록 찬미하고, 나는
하늘 아래 무릎 꿇고 기뻐해야 하거든요.

오, 아름다움, 너도 충분하지 않지?
왜 내가 울며 사랑을 찾겠어요
젊음, 노래하는 목소리에, 지구의 기적을

경이롭게 받아들이는 두 눈도 있는데요?

왜 내가 나의 자존심을 버렸겠어요
왜 내가 만족하지 못하겠어요 —
나, 나를 위해 수심 어린 밤이
자신의 구름 같은 머리칼을 빛으로 묶었는데요 —

나, 나를 위해 모든 아름다움이
백만의 항아리에 담긴 향처럼 타는데요?
오, 아름다움, 너도 충분하지 않지?
왜 내가 울며 사랑을 찾겠어요?

5월 바람

May Wind

내가 말했어요 "나는 열린 문을 닫듯
나의 심장을 닫아 버렸어요
사랑이 그 안에서 굶어 죽어
더 이상 나를 괴롭히지 못하게요."

그런데 그 지붕들을 넘어서
5월의 젖은 새로운 바람이 다가왔고
거리-피아노들이 연주하는
갓돌에서 어떤 선율이 울려 퍼졌어요.

내 방은 햇빛에 하얬고
사랑이 내 안에서 울부짖었어요
"난 강해, 나를 풀어주지 않으면
내가 너의 가슴을 부숴 버릴 거야."

조류

Tides

내 가슴속의 사랑은 별 같은 바다 갈매기들이
비상하는 곳에서 흐르는 시원한 조류였어요.
태양은 강렬했고 거품이 터져서
바위 많은 해변에 드높이 날리고 있었죠.

그런데 이제 어둠에 묻혀 조류가 바뀌고 있어요
바다 갈매기들은 더욱 낮게 날고
억누를 수 없는 갈망에 솟았던 파도들도
영원히 부서지고 말았어요.

사랑 후에

After Love

더 이상 마법은 없어요
우리는 다른 사람들이 만나듯 만나죠.
당신은 나를 위해 마법을 부리지 않고
나도 당신을 위해 그러지 않아요.

당신은 바람이었고 나는 바다였죠 —
더 이상 황홀은 없어요
나는 바닷가의 물웅덩이처럼
맥이 풀려 버렸어요.

그 웅덩이는 폭풍으로부터 안전하고
조류에서 벗어나 안정을 찾았어요.
그런데 갈수록 바다보다 씁쓸해지죠
너무나 평화롭지만요.

새로운 사랑과 옛사랑

New Love and Old

내 가슴속에서 옛사랑이
새로운 사랑과 씨름했어요.
그 사랑이 유령처럼
밤새도록 깨어 있었어요.

나의 옛사랑이 말했던
소중한 것들, 상냥한 것들이
원망하듯 정렬해서
내 침대를 둘러쌌어요.

그러나 나는 마음 쏠 수 없었어요
나를 주시하는
새로운 사랑의 눈을
본 것 같았으니까요.

옛사랑, 옛사랑이여,
내가 어떻게 진실할 수 있겠어요?
나 자신에게 불충할까요

아니면 당신에게 불충할까요?

키스

The Kiss

나는 그이가 나를 사랑해주길 바랐고
그는 나의 입에 키스했죠.
하지만 나는 이제 다친 새처럼
그 남쪽*에 닿을 수 없어요.

그이가 나를 사랑한다는 건 알지만
오늘 밤 내 가슴이 슬프니까요.
나는 온갖 꿈을 다 꾸었는데
그의 키스는 정말 별로였거든요.

---

* "남쪽"은 철새의 남쪽 도래지, 또는 "그"의 얼굴에서 남쪽에 있는 '입'.

백조

Swans

밤이 공원을 휘덮고, 용감한 별 몇 개가
금빛 사슬에 연결된 등불들을 바라봅니다.
호수가 전율하는 물을 담기에도 버거워 보이는
부서진 물살들에 비친 그 불빛들을 품고 있습니다.

우리는 어둑어둑한 데서 자는 백조들을 바라보고
이따금 한 마리가 깨어나서 고개를 쳐듭니다.
당신은 어찌나 고요한지 — 당신의 눈길은 내 얼굴
에 —
우리는 백조들을 바라볼 뿐 말 한마디 없습니다.

강

The River

나는 햇살 밝은 계곡에서 흘러와
광막한 바다를 찾았어요.
그 잿빛 대해로 들어가면
나의 평화가 내게 오리라 생각했거든요.

나는 마침내 대양에 도달했어요 —
그런데 사납고 거뭇한 곳이더군요.
나는 바람 없는 계곡을 향해 울부짖었어요
"친절하게 나를 도로 데려가 줘!"

갈증 나는 조류가 내륙으로 흘렀고
소금 파도가 나를 들이켰어요.
내리는 비처럼 신선했던 내가
이제 바다처럼 씁쓸해지고 말았어요.

11월

세상이 지치고, 한 해도 늙었네요
시든 잎들도 기꺼이 죽으려 하고
바람이 추워서 바들대며 나아가는
갈색의 갈대들도 메말랐네요.

우리의 사랑이 잔디처럼 죽어가고
키스했던 우리도 차갑게 다정해져서
우리의 옛사랑이 바람에 날리는
낙엽처럼 지나가도 다행인 양 바라보네요.

봄비
Spring Rain

내가 잊은 줄 알았는데
그 모든 게 다시 돌아왔어요
오늘 밤 첫봄 천둥과 함께
억수 같이 내리는 빗속에서요.

나는 어두운 출입구를 기억했어요
폭풍우가 휘몰아치고, 천둥이 대지를
움켜쥐고, 번개가 하늘에 휘갈겨 쓰는
사이에 우리가 서 있었던 곳이었죠.

지나가는 버스들이 흔들렸어요
거리가 빗물에 강을 이루어
등불의 얼룩에 젖은
작은 금빛 파도들을 몰아쳤죠.

그 사나운 봄비와 천둥에
나의 마음도 사납게 들떴어요.
그날 밤 당신의 눈은 내게 참 많은 말을 했죠

당신의 입술이 말할 수 없을 만큼……

내가 잊은 줄 알았는데
그 모든 게 다시 돌아왔어요
오늘 밤 첫봄 천둥과 함께
억수 같이 내리는 빗속에서요.

유령

The Ghost

나는 쨍그랑거리는 도시로 돌아갔어요
나의 옛사랑들이 머물던 곳으로 돌아갔죠.
하지만 내 가슴이 새 사랑의 영광으로 가득 차서
나의 눈은 웃고 있었고 두렵지 않았어요.

나는 나를 미친 듯이 사랑해서 모두가 듣도록
자신의 사랑을 고백했던 사람을 만났어요 ―
우리는 천 가지 일들에 대해 함께 얘기했지만
과거가 너무 깊이 묻혀 있어서 두렵지 않았어요.

나는 다른 사람을 만났는데, 키스 한 번
못하고 말도 거의 건네지 못한 사랑이었어요 ―
오, 공포가 나를 사로잡아서 말도 못 한 채
겨우 숨만 쉬며 꿈틀거렸던 시절이었죠.

오, 웃음으로 삶을 사는 사랑이나
눈물로 삶을 사는 사랑도
죽을 수 있지만 ― 말하지 않는 사랑은

유령처럼 그 구불구불한 세월을 겪어내지요……

나는 쨍그랑거리는 도시로 돌아갔어요
나의 옛사랑들이 머물던 곳으로 돌아갔죠.
내 가슴이 새 사랑의 영광으로 가득 차 있었어요 ─
그런데 나의 눈이 갑자기 두려워졌어요.

여름밤, 강변

Summer Night, Riverside

거칠고, 부드러운 여름 어둠 속에서
참 많고 많은 밤을 우리 둘이 함께
공원에 앉아서 전등들을
검은 새틴에 황금 스팽글처럼 주렁주렁 달고
반짝이는 허드슨강을 바라보았죠.
굽은 길을 따라 나 있는 난간이
나직이 꺾이는 그럴싸한 곳을 함께 지나서
언덕을 내려오면 꽃을 뚝뚝 듣는 한 나무가
우리를 숨겨주었죠
그 사이에 당신의 키스들과 꽃들이
추락하고, 추락해서
나의 머리칼을 헝클어뜨렸는데……

하늘 위에서는 희미한 하얀 별들이 시나브로 나아
갔죠.

그런데 지금, 아득히 먼
그 향긋한 어둠 속에서

그 나무가 꽃을 달고 다시 바들거리네요

6월이 돌아왔으니까요.

오늘 밤은 어떤 소녀가

거울 앞에서 꿈꾸듯 머리를 흔들어

말린 머리칼에 들러붙는, 올해의 꽃들을 떨어낼까요?

보석

Jewels

내가 당신의 눈을 다시 보게 된다면
그 눈길이 얼마나 멀리 나아갈지 알아요 —
어느 날 아침으로 돌아가서 눈밭에
사파이어 그림자들이 드리워진 공원에 있겠지요.

아니면 봄날 참나무 숲으로 돌아가 있겠죠
그날 당신이 나의 머리칼을 늘어뜨리고
나뭇잎 그림자 자수정에 묻혀서
당신의 무릎을 베고 있던 머리에 키스했었죠.

그리고 또 다른 빛나는 장소를
우리는 기억하겠지요 — 햇살에 하얀
다이아몬드 같은 아침에 회갈색 야산이
어찌나 우리를 꼭대기에 붙들고 있었던지요.

하지만 나는 당신한테서 내 눈을 돌릴 거예요
여자들이 밤에는 찼지만
맑은 낮에 찰 수 없는 보석들을

치워 두려고 돌아서듯이요.

2

막간 : 슬픔에서 벗어나는 노래

Interlude : Songs out of Sorrow

1. 영혼의 집

Spirit's House

격통의 벌거벗은 돌들로

나를 위한 집을 짓겠어요.

석공처럼 온전히 혼자서

그 돌들을 하나하나 쌓으면

내가 피를 흘린 돌마다

거무스름한 붉은색을 띠겠지요.

내가 헛되이 그 길을 간 건 아니었어요

나의 고통을 모두 잘 견뎌냈으니까요.

내 영혼의 고요한 집은

내가 하나님을 잃어버린 길들에서

내가 밟았던 벌거벗은 돌들로 짓겠어요.

2. 장악

Mastery

나는 어떤 신이 끼어들어서 느닷없이

죄로부터 나를 보호하고, 내 삶의 집을

바로 세우게 두지 않을 거예요.

밝게 불타는 날개의 천사들이 나의 세속적인

생각들과 일들을 좌우하게 두지도 않을 거예요.

나의 녹아내리는 약한 촛불들이라도

차라리 바람에 날리다가 꺼져 버릴래요

차라리 계속되는 밤의 공포에

의심을 더듬거리며 오랫동안 아프고 말래요

내 영혼이 나의 통제를 막연하게 슬슬

벗어나게 두느니 차라리 잃어버리고 ─

나만의 정신을 지닌 채

미약하나마 고독하게 장악하며 살래요.

3. 교훈

내가 내 영혼 밖의 다른 영혼에게

도움을 청하는 법을 배우지 않는다면

물결치는 갈대숲에서 힘을 얻고

우거진 소나무 밑에서 그늘을 찾지 않는다면

눈물이 앞을 가린 눈으로 움츠리지 않고

슬픔을 바라보는 법을 배우지 않는다면

나를 지혜롭게 하는 모든 선물을 두려움 없이

기쁘게 받아들이는 법을 배우지 않는다면 —

내가 대지에 살며 그런 것들을 배우지 않는다면

대체 내가 왜 태어났겠어요?

4. 지혜

Wisdom

내가 부적절한 일들에 맞서

나의 날개를 부러뜨리는 짓을 멈추고

좀처럼 열리지 않는 문 뒤에 늘

타협이 기다린다는 것을 배우고 나면

내가 삶을 직시할 수 있을 때면

차분해지고 몹시 차갑게 슬기로워지면,

삶이 나에게 진실을 선물하고

그 대가로 나의 젊음을 빼앗아가겠죠.

5. 어느 묘지에서
In a Burying Ground

이곳은 삶이 나를 지겨워할 때쯤
내가 누울 장소예요.
이것들은 내 몸 위로
살아 있는 바다처럼 부풀어 오를 잔디예요.

이 즐겁고 정겨운 백합들은 움츠리지 않고
나의 주검에서 생기를 빨아들이고,
나는 내 몸의 불을 선물해서
이 덩굴에 파란 꽃들이 맺히게 할 거예요.

"오, 영혼아" 내가 말했죠. "넌 눈물도 없니?
너에게는 그 몸이 귀중하지 않았니?"
나는 내 영혼이 무심코 하는 말을 들었어요
"도금양꽃들이 더욱 파래질 거야."

6. 숲 지빠귀 노래
Wood Song

지빠귀 한 마리가 어둠 속에서 세 음을
빙그르르 돌려서 별을 그리는 소리를 들었어요 —
괴로움을 안고 걸어가던 나의 가슴이
아주 먼 곳에서 돌아왔어요.

빛나는 세 음이 그 새가 가진 전부였어요
그런데도 그 음들이 별 같이 소리쳤어요 —
나는 다시 삶을 붙잡아 내 가슴에 품고
상처투성이인 그 삶에 키스했어요.

7. 은신처
Refuge

내 정신의 잿빛 패배로,

내 맥박의 약해지는 고동으로,

나의 움켜쥔 손을 통해 걸러져서

모래로 변해 버린 나의 희망들로,

내 허물의 고역으로나마

내가 노래할 수 있다면, 나는 여전히 자유인이에요.

나의 노래로 내가 내 정신을 위한

은신처, 빛나는 말들의 집을 만들어서

나의 연약한 불멸이나마

살아갈 수 있게 하니까요.

3

비행

The Flight

동경의 눈길로 돌아보다가 내가 따라올 것 같으면

가벼운 바람이 제비를 부상시키듯이 당신의 사랑으로 나를 안아 부상시켜 주세요

우리의 비행으로 햇살이나 몰아치는 빗속에서 멀리 벗어나게 해주세요 ―

그런데 혹시 나의 첫사랑이 다시 나를 부르는 소리를 들으면 어쩌죠?

용맹한 바다가 거품을 품듯이 나를 당신의 가슴에 껴안아서

당신의 집을 숨겨주는 언덕으로 나를 멀리멀리 데려가 주세요

평화가 짚으로 지붕을 덮고 사랑이 문에 걸쇠를 걸겠지요 ―

그런데 혹시 나의 첫사랑이 다시 한번 나를 부르는 소리를 들으면 어쩌죠?

이슬

Dew

이슬이 거미줄에 가뿐하게

꿰인 별들을 달아놓고

목장 울타리에 보석들을 흩뿌려놓듯이,

여명이 마른 풀밭과

뒤엉킨 잡초들을 밝게 물들여

씨앗들 하나하나에 무지개 보석을 달아놓듯이,

당신의 사랑도, 나의 임이여,

여명처럼 상쾌하게

반짝이는 길을 만들어서 내가

밟고 가게 해주었죠

나무나 돌의

모든 친숙한 광경을 놓아두고

오로지 나만

조용히 밟게 해주었죠.

오늘—밤

To-night

달이 금빛의 곡선을 이룬 꽃송이 같고

하늘이 고요하고 파랗네요.

달은 껴안는 하늘을 위해

나는 당신을 위해 창조되었어요.

달이 꽃자루 없는 꽃송이 같고

하늘이 밝게 빛나네요.

영원은 그 꽃과 하늘을 위해

오늘—밤은 우리를 위해 창조되었어요.

썰물

Ebb Tide

긴 하루가 지나가고
당신의 얼굴이 보이지 않을 때면
예전의 사납고 불안한 슬픔이
은신처에서 슬슬 빠져나와요.

나의 낮이 황량하고 험해요
빛과 노래를 잃어버린 채
하루 종일토록 신음하는
음산하고 스산한 해변 같아요.

썰물 때면, 바위들과 상처들이
드러나는 그 텅 빈 해변으로
노래하며 바다처럼, 백만 별의
빛처럼 돌아오세요.

나는 당신의 사랑에 안겨
살고 싶어요
I Would Live in Your Love

나는 당신의 사랑에 안겨 살고 싶어요, 해초들이 바다에 안겨 살듯이

파도가 지나갈 때마다 밀려 올라갔다가, 파도가 물러날 때마다 끌려 내려가듯이요.

나의 영혼을 비워서 내 안에 모아둔 꿈들을 다 쏟아내고 싶어요.

나는 고동치는 당신의 심장과 함께 고동치고 싶어요, 당신의 영혼이 이끄는 대로 따라가고 싶어요.

때문에
Because

오, 당신이 나의 뜻을 굽히게 하거나
나의 자존심을 꺾으려 한 적도 없고
나에게 살짝 겁을 주고 싶은 마음에
혈거인이나 하는 짓을 한다거나
어떤 정복하려는 태도로 무모하게
나를 끌어당기려 하지도 않았기 때문에 ―
나를 가지세요, 내내 사랑했던 것보다
내가 당신을 더욱 사랑하니까요.

하지만 몸의 처녀성만으로는
귀하지 않고 좋지도 않았을 거예요
그 몸과 함께 전혀 구속받지 않는 영혼마저
내가 당신에게 내주지 않았다면요.
내 꿈들을 가지고 내 마음도 가지세요.
모두 바람처럼 주인이 없었어요.
그러면 내가 "주인님!"이라고 부를게요
당신이 결코 그러라고 요구하지 않았지만요.

노래 나무

The Tree of Song

세상 모두를 위해 내 노래들을 불렀어요
당신을 위해 나는 아직 살아 있어요.
내 노래 나무는 벌거벗었어요
그 빛나는 언덕 위에서.

당신이 호탕한 바람처럼 찾아와서
이파리들이 빙빙 돌며
잊힌 물건들처럼 아득히
세상의 가장자리를 넘어가 버렸으니까요.

내 노래 나무는 벌거벗은 채 서 있어요
푸른 하늘을 등진 채 —
나는 나의 노래들을 세상 모두에게
나 자신을 당신에게 주었어요.

주는 사람

The Giver

당신은 내 발에 튼튼한 샌들을 묶어주었죠
당신은 나에게 빵과 술을 주었고
나를 해와 별들 밑으로 보냈죠
온 세상이 내 것이었으니까요.

오, 내 발에서 샌들을 벗겨주세요
당신은 당신이 뭘 하는지 몰라요.
나의 온 세상은 당신의 품에 있으니까요
나의 해와 별들은 바로 당신이니까요.

사월의 노래

April Song

.

4월의 가운을 입고
우아하게 반짝이는 버드나무야,
내가 내내 꿈만 꾸다가
세월이 다 가 버려도 좋겠니?

봄은 나에게 어떤 소명 같아서
내가 대답할 수 없었단다
나는 외로움에 얽매여 있었거든,
나도 춤꾼이었는데.

햇살에 젖어 반짝이는 버드나무야,
이파리들을 가라앉히고 내 말을 들어보렴
나도 마침내 봄이라고 화답할 수 있단다
사랑이 내 곁에 있거든!

방랑자
The Wanderer

나는 저녁노을-빛깔의 사막을 보았어요.
그 사이로 나일강이 흐르는 불처럼 지나가는
그곳에서 람세스가 조용히 응시하고
아몬의 육중한 신전이 서 있죠.*

나는 울부짖으며 부서지는 바다 위로
솟은 바위들을 보았어요, 오래전에
재빠른 페르세우스가 메두사의 뱀들로
눈처럼 하얀 처녀**를 풀어주었던 바위였죠.

그리고 수많은 하늘이 나를 덮어주었고
수많은 바람이 내게 불어서 나아가게 했죠.
나는 그 푸르고 밝은 북쪽을 사랑했고
나는 그 차갑고 달콤한 바다를 사랑했죠.

---

* "람세스"는 고대 이집트 역대 왕들의 이름, "아몬"(또는 암몬)은 고대 이
  집트의 태양신을 말한다.
** "눈처럼 하얀 처녀"는 해변의 바위에 묶여 있는 안드로메다.

그러나 나에게 북쪽과 남쪽이

많은 나라의 유혹이 대수겠어요,

당신이 몸을 수그려서 내 손을 잡고

나의 입술에 키스해줬는데.

세월

The Years

오늘 밤 나는 두 눈을 감고서
나를 지나가는 이상한 행렬을 보고 있어요 —
내가 당신의 얼굴을 보기 전의 세월이
아쉬운 듯이 우아하게 나를 지나가네요.
그 예민하고 수줍은 세월이 지나가네요
눈물 때문에 거의 안 보이는 데도 춤추려 애쓰는 사
람처럼.

그 세월이 지나가도록 전혀 알지 못했죠
한 해 한 해가 나를 당신 가까이 데려다주었다는 것
을요.
그 세월의 길은 비좁고 멀리 떨어져 있었는데
그 길이 나를 당신의 가슴으로 이끌었어요 —
오 예민하고 수줍은 세월, 오 외로운 세월,
눈물에 흠뻑 젖은 목소리로 노래하려 애썼던 세월
이여.

족합니다
Enough

낮에 내가 그이와 함께
똑같은 밝은 대지를 걸으면 족합니다.
밤에 똑같은 거대한 별 지붕이
우리 위에서 희미하게 빛나면 족합니다.

나는 바람을 묶고 싶지 않고
바다에 족쇄를 채우고 싶지도 않습니다 —
음악처럼 나를 휩쓸고 지나가는
그이의 사랑을 느끼면 족합니다.

오세요

Come

창백한 달이 꽃잎처럼 봄의

진줏빛 황혼 속에서 떠갈 때, 오세요

두 팔 뻗고 와서 나를 품어주세요

입술 오므리고 와서 쪽 붙여주세요.

오세요, 삶은 날아가는 연약한 나방 같아서

지나가는 세월의 거미줄에 붙들리면

아주 열렬하고 격렬한 우리 둘도 금시에

풀밭의 잿빛 돌 같이 되고 말 테니까요.

기쁨

Joy

나는 사나워요, 나는 나무들에게 노래할 거예요

나는 하늘의 별들에게 노래할 거예요

나는 사랑해요, 나는 사랑 받아요, 그이는 내 것이에요.

이제야 드디어 나는 죽을 수 있어요!

나는 바람과 불꽃 샌들을 신었어요

나는 선물할 가슴-불꽃과 노래를 품고 있어요

나는 풀밭도 별들도 밟을 수 있어요.

이제야 드디어 나는 살 수 있어요!

재물

Riches

내게는 내 생각들 말고는 재물이 없어요
하지만 이 생각들이 내게는 충분한 부예요.
당신에 대한 내 생각들은 추억의
조폐국에서 찍어낸 금화들이에요.

그리고 나는 노래로 그 돈을 다 써야 해요
금화뿐 아니라, 생각들도 죽음의
이쪽에 남겨져 있어야만
불멸을 얻을 수 있으니까요.

전시에 지는 땅거미

Dusk in War Time

반-시간만 더 있으면 당신이 기대어
예전처럼 달콤하게 나를 꼭 껴안게 해줄게요 —
그러나 오, 바다 너머 여자에게
누가 해 질 무렵에 찾아오겠어요?

반-시간만 더 있으면 나는 자물쇠에 꽂힌
열쇠 소리와 강하고 빠른 발소리를 들을 거예요 —
그러나 오, 바다 너머 여자는
해질녘이면 죽은 누군가를 기다리고 있을 거예요!

평화
Peace

평화가 흘러 나에게 들어오네요

조수가 바닷가 웅덩이로 밀려들 듯이.

그 평화는 영원히 내 것이에요

바다처럼 썰물 지지 않을 거예요.

나는 선명한 하늘을 숭배하는

그 푸른 웅덩이예요.

내 희망들은 천국-높이 있었죠.

이제야 당신 안에서 다 이루어졌어요.

저녁놀이 불타 죽을 때면

나는 그 금빛 웅덩이예요 —

당신은 나의 짙어가는 하늘이에요.

내게 당신의 별들을 보내서 끌어안게 해주세요.

기분
Moods

나는 조용히 내리는 비예요
즐거운 노래를 부르기엔 너무 지쳤어요 ─
오, 외치는 녹색 들판이 되어 주세요
오, 나를 위해 대지가 되어 주세요!

나는 애타게 둥지를 떠나서
날아가고픈 갈색 새예요 ─
오, 빛나는 상쾌한 구름이 되어 주세요
오, 나를 위해 하늘이 되어 주세요!

꿈들의 집
Houses of Dreams

당신은 나의 빈 꿈들을 가져가서
그 꿈들을 낱낱이 가득 채웠죠
다정함과 고상함,
4월과 태양으로요.

내 생각들이 몰려들곤 했던
예전의 그 빈 꿈들이
이제 행복으로 너무 가득 차서
노래 한 곡 품을 수도 없네요.

오, 그 빈 꿈들은 흐릿했고
그 빈 꿈들은 드넓었죠
그 꿈들은 내 생각들이 숨을 수 있는
향긋하고 희미한 집들이었죠.

그런데 당신이 나의 꿈들을 가져가서
당신이 그 꿈들을 모두 실현했죠 —
내 생각들은 이제 놀 곳이 없고

이제 할 일도 없어요.

불빛들
Lights

우리가 밤에 집에 와서 문을 닫고
어둑어둑한 방 안에 함께 서서
우리의 사랑과 평온한 어둠 속에서 안전하게
익숙한 벽과 의자와 마루에 만족하고

아득한 아래쪽의 쨍그랑대는 도시를 떠나온 것에 만
족한 채,
불빛에 화려하지만 숱한 발길에 지쳐서
환하게 빛나는 거리를 아련히 내려다보노라면
우리 두 마음속에서 어떤 형언할 수 없는 연민이 샘
솟지요.

사람들은 그 어둠을 치워 버리려고 열심히 노력했죠.
백만의 불 켜진 창문들이 겨울밤을
금빛의 사각 눈들로 찬란하게 장식하지요.
그러나 여기 서 있는 우리에게는 노란 불빛 뒤에서
사는 삶들의 삭막한 모습들이 와 닿지요
즐겁거나, 자랑스럽거나, 자유롭지 않은 낱낱의 삶이요.

"난 당신 것이 아니에요"
"I Am Not Yours"

난 당신 것이 아니에요, 당신한테 빠지지 않았어요
빠지지 않았어요, 나도 정말
한낮에 켜진 촛불처럼 빠져들고 싶지만요
바다에 떨어지는 눈송이처럼 빠져들고 싶지만요.

당신은 나를 사랑하고 나도 당신이 여전히
아름답고 밝은 영혼이라는 것을 알아요.
하지만 나는 나예요, 정말로
빛이 빛에 잠겨 사라지듯 푹 빠져들고 싶지만요.

오, 나를 사랑에 깊숙이 빠뜨려주세요 — 나의 감각
들을
꺼버리세요, 나의 귀와 눈이 멀게 해주세요
당신의 사랑 폭풍에 휩쓸려
느닷없는 바람에 붙들린 가녀린 양초처럼요.

의심

Doubt

내 영혼은 내 몸의 집에 살고

당신은 그 집과 그녀를 모두 가지고 있어요 —

하지만 가끔 그녀는 당신 것이라기보다는

좀 사납고 방종한 모험가,

안절부절못하고 갈망하는 유령 같은데

그녀가 뭘 할지 내가 어찌 알 수 있겠어요 —

오, 나는 내 몸의 믿음을 확신해요

그런데 내 영혼이 당신의 믿음을 깨버리면 어쩌죠?

바람
The Wind

바람이 내 영혼을 휩쓸고 있어요
밤새 울부짖는 바람 소리가 들려요 —
당신과 함께 있지 않으면
대지에 나를 위한 평화는 없을까요?

아, 바람이 나를 슬기롭게 만들었어요
바람이 나의 벌거벗은 영혼을 휩쓸었죠 —
당신과 함께 있더라도
대지에 나를 위한 평화는 없어요.

아침

Morning

나는 어느 4월 아침에 홀로
나갔어요, 내 심장이 크게 두근거려서요.
나는 빛나는 초원의 아이였어요
나는 하늘의 누이였어요.

그런데 아침의 세찬 빛 물결에 휩쓸리자
묵직했던 갈망이 나를 두고 떠오르더니,
환호에 휩싸인 흐느낌처럼 허망하게,
바다-새처럼 휙 바다로 날아가 버리더군요.

다른 남자들

Other Men

나는 다른 남자들과 얘기할 때
항상 당신을 생각해요 ―
당신의 말은 그들의 말보다 날카롭고
그 말들이 또한 더 부드럽죠.

나는 다른 남자들을 볼 때
당신의 얼굴이 거기에 있었으면 좋겠어요
회색 눈에 거뭇한 살결
홱 젖힌 검은 머리칼의 얼굴이요.

나는 다른 남자들을 생각할 때면
낮에도 홀로 꿈을 꾸는데,
당신이 생각나서 강한 바람처럼
그 꿈들을 날려 버리죠.

불씨

Embers

내가 말했어요. "내 청춘은 갔어
마치 비에 다 꺼져 버린 불처럼,
그래서 다시는 바람에 흔들리며
노래하거나 놀지도 못할 거야."

내가 말했어요. "내 안의 내 청춘을
꺼버린 것은 큰 슬픔이 아니야,
끊임없이 두들겨 대는
아주 자잘한 슬픔들이지."

나는 내 청춘이 가 버린 줄 알았어요
그런데 당신이 돌아왔죠 ―
마치 바람의 부름에 화답하는 불꽃처럼
불길이 치솟아서 불탔죠.

슬픔의 잿빛 망토를 벗어시 던저 버리고
새로운 가운을 걸치고
그 청춘을 신부처럼

다시 한번 당신에게 선물했죠.

전언

Message

밤에 외치는 소리를 들었어요
천 마일 거리에서 번쩍하는
번개처럼 날카롭게 나의 이름,
나의 이름을 부르는 소리였어요!

내가 들은 건 당신의 목소리였어요
당신이 깨어나서 나를 무척 사랑했죠 —
당신에게 이 말을 돌려드려요
나도 알아요, 나도 알아요!

등불
The Lamp

내 앞의 등불 같은 당신의 사랑을 감당할 수 있다면,
내가 길고 가파른 어둠의 길을 따라 내려갈 때
영원한 그림자들을 두려워하지 않고
　무서워서 울지도 않겠지요.

내가 신을 찾아낼 수 있다면, 나는 그분을 찾겠어요
아무도 그분을 찾을 수 없다면, 나는 푹 잘 거예요
당신의 사랑이, 어둠 속의 등불처럼, 얼마나 완전하게
　나를 만족시켰는지 아니까요.

4

어느 11월 밤

A November Night

저기! 줄지은 등불들을 보세요

양 길가 따라 늘어선 별 목걸이 같네요 —

당신이 그 목걸이를 들어내서, 내 목에 목걸이로

걸어주면 안 될까요? 내가 그 목걸이를 두르면

당신이 그걸 가지고 노세요. 당신이 나를 보고 웃네요

마치 내가 꿈 많은 어린아이인 양

이 두 눈 뒤에 요정들이 사는 양…… 또 보세요

사람들이 거리에서 우리를 쳐다봐요

다들 부러운 듯이요. 우리는 왕과 왕비,

우리의 왕실 마차는 모터 버스예요

우리는 도도하고 기쁘게 백성들을 바라보죠……

당신 정말 조용하네요! 너무 열심히 일해서

오늘 밤에 피곤한 거예요? 정말 오랜만에

내가 당신을 봤는데 — 꼬박 4일은 된 것 같은데.

내 가슴이 마치 4월 초원의 이른 꽃들처럼

어리석은 생각들로 가득 차 있어요.

그래서 그 생각들이 사라지기 전에 모두

당신한테 꼭 줘야겠어요. 그동안 내가 만난 사람들,

내가 보았던 연극, 너무 크게 보이거나 너무 작게

오그라드는 사소하고 변덕스러운 것들, 허둥지둥

벽을 따라 돌아다니는 불안하거나 속 편한

환영들 — 하지만 당신이 그것들을 다 보고 나면

그 모두가 실체로 변해서 저마다 적당한 크기로

이 가슴속에 자리를 잡죠…… 거기에 지금 광장이 있는데

빛의 호수 같아요! 오늘 밤에는 그 등불들이

모두 당신의 두 눈에 모여든 것만 같네요.

왠지 당신한테 끌렸겠죠. 널따란 공원을 보세요

별들처럼 슬기롭게 엉기정기 흩어진

백만의 등불을 켜고 우리 밑에 펼쳐져 있네요.

우리는 그 불빛들을 내려다보죠, 마치 하나님이

그분 밑에서 구름처럼 뒤엉켜 떠가는 성좌들을

내려다보듯이요…… 자, 공원에 도착했으니

그럼, 같이 걸을까요. 여기가 우리의 정원이에요

이 겨울밤에는 온통 까맣고 꽃 한 송이 없지만

당신과 나, 우리가 4월을 데려가잖아요.

우리가 온 세상을 부추겨서 봄의 길에 태울 거예요.

아마 우리가 여태 밟은 모든 길이

요정들에게만 보이는 아련한 금빛의

신비로운 불로 우리의 발자국들을 찍어 놨을 거예요.

그 발자국들이 새벽에 우묵한 나무-줄기들 속에서 깨어나

졸음에 겨운 공원에 나타나면, 사람들이

빈 길들을 죽 바라보며 말하겠죠. "오, 여기에

그들이 왔었나 봐, 여기, 여기, 여기도! 자, 보라고

여기 그들의 벤치가 있어, 서로 손잡고 같이 춤추자

이 벤치를 바람처럼 빙글빙글 돌며

둥글게 원을 그려놓자, 그들이 다시 돌아오면

그들만 넘어갈 수 있게!"…… 저 호수를 봐요 —

늦은 10월 그날 밤에 잠든 백조들의 모습을

둘이서 지켜봤었는데 당신도 기억하죠?

백조들은 분명 웅대한 꿈들을 품고 있을 거예요. 지금은

호수가 가늘게 반사되어 가볍게 흔들리는

등불들만 품고 있지만요. 저 차가운 검은 물에 —

새로 생긴 금빛 별을 하나 꺼내서 당신의 손에

쥐여주면 좋으련만! 자 보세요, 보세요

저기 별이 있어요, 호수 깊숙이, 별이 있어요!

오, 진주알보다도 희미하네요 — 당신이 허리를 수그리면

당신의 손이 그 별을 건져서 내게 줄 수 있을 것 같은데……

오늘 밤에는 여릿하고 노란 초승달이 떴었죠 —

당신이 그 초승달을 잔 삼아서

이슬 같은 별들로 가득 채워줬으면 좋았을 것을……

정말 춥네요! 등불들조차 추워서

저마다 안개 숄을 둘렀잖아요, 보세요!

공기가 아주 희미하게 하얘져서 우리가

길들을 따라가다가 길을 잃어버리면 어쩌죠,

따라갈수록 물러나며 움직이는 안개 벽들로 인해

새 길들이 계속 생기는데요…… 그야말로 은빛 밤이

네요!

저것이 우리의 벤치였어요, 그때 당신이 나에게

새로운 장시를 읊어주었죠 — 그런데 지금은 어찌나

다른지,

모든 친숙한 나무들에 낯설게 드리워진

안개 커튼이 어찌나 으스스한지!

바람 한 점 없는데, 커다랗게 굽이치는 소용돌이들이

안개 속에서 스스로 조각나, 계속 변하네요.

좀 더 걸어가세요, 나는 여기 서서 시켜볼게요

당신을 보는 것 역시 나에게 낯설고 멀게 느껴지네

요……

어느 밤에 우리가 이 공원을 독차지할 수 있다면
이 공원이 어떤 모습일까 궁금하곤 했는데 —
팔로 허리를 꼭 껴안은 채 속삭이며
갑자기 우리의 꿈들을 훼방 놓는 연인들은 없겠죠.
이제야 그런 밤이 왔네요! 모든 소원이 이루어졌어요!
양털 같은 세상에 지금 우리 둘만 있으니까요
별들도 다 사라지고. 우리 둘만요!

제2부 / 불꽃과 그림자

E에게

To E

나의 모든 나날에 생겨난

불꽃 혹은 그림자를 받아 주세요.*

---

* 시집 『사랑 노래』에 '서시' 형태로 붙인 「E에게」와 마찬가지로, "E"는 사라 티즈데일의 남편 에른스트 필싱어를 가리킨다. 불어로 되어 있는 본문 두 행(Reçois la flamme ou l'ombre / De tous mes jours)은 프랑스 시인 빅토르 위고(Victor Hugo, 1802~1885)의 시 「이 세상의 모든 영혼처럼(Puisqu'ici-bas toute âme)」 8번째 연의 3~4행을 '제사'처럼 인용한 것으로, 1920년에 출간된 이 시집 『불꽃과 그림자(Flame and Shadow)』의 '제목'을 위고의 시에서 따왔음을 암시한다.

1

파란 해총

Blue Squills

몇백만의 4월이 찾아왔기에

내가 알게 되었을까요

벚나무 가지가 얼마나 하얘지는지

파란 해총밭이 얼마나 파래지는지!

그리고 얼마나 많은 춤추는 4월이,

나의 삶이 끝나면,

그 꽃의 파란 불꽃과

그 나무의 하얀 불꽃을 밀어 올릴까요.

오, 그때, 너희의 아름다움으로 나를 불태워다오.

오, 나무와 꽃이여, 나를 상처 내다오.

마지막에 죽음이 이 반짝이는

시간마저 앗아가지 못하도록.

오 흔들리는 꽃들, 오 반짝이는 나무들이여,

오, 햇살에 빛나는 하양과 파랑이여,

나를 상처 내다오, 내가 끝없는 잠을 자는 내내

너희의 상처를 품고 있도록.

별들
Stars

밤에 홀로
어두운 언덕에서
향긋하고 조용한
소나무들에 둘러싸여

머리 위에는
별 가득한 하늘,
하얀 별과 황옥별과
부연 붉은색 별들

두근거리는 불 심장을
지닌 무수한 별들이
억겁의 세월에도
흔들리거나 지치지 않고

거대한 언덕 같은
하늘의 둥근 지붕 위로
우아하게 고요히

행진하는 모습을 바라보며

내가 영광스럽게도
그렇게나 많은 장엄의
목격자가 된 것을
새삼 깨달아요.

"내가 무슨 상관이에요?"
"What Do I Care?"

봄의 꿈들과 나른함 속에서 내 노래들이

나에게 보여주지 않는다고, 내가 무슨 상관이에요?

그 노래들은 향기요, 나는 부싯돌과 불이니까요

나는 화답이요, 그 노래들은 그저 외침일 뿐이니까요.

사랑이 곧 끝나버릴 텐데, 내가 무슨 상관이에요

내 가슴이 할 말 하고 내 마음이 멍하니 서 있게 두

세요.

내 마음은 조용한 만큼 당당하고 강하니까요

내 노래들을 만드는 건 내가 아니라 내 가슴이니까요.

들종다리

Meadowlarks

폭풍이 지나간 후에 은색 빛에 싸여

밝은 신록의 뚝뚝 듣는 나뭇가지들 밑으로

나직한 길을 잡고서 들종다리 소리를 들으러 갑니다

마치 내가 여왕인 듯 홀로 고매하게.

내가 뭘 두려워하겠어요, 삶이든 죽음이든

세 가지를 다 알았는데요 : 밤의 키스,

노래가 태어날 때 하얗게 날아가는 기쁨과

은색 빛에 싸여 휘파람 부는 들종다리까지요.

유목
Driftwood

나의 선조들이 나에게
내 영혼의 흔들리는 불길,
두 손의 모양, 심장의 박동,
내 이름의 글자들을 주었죠.

하지만 그 불길에 변화무쌍한
무지갯빛 불꽃들을 준 것은
나의 잠자는 조상들이 아니라
나의 연인들이었어요.

마치 불타는 유목流木이
다채로운 밤과 낮들을 품은
바다의 황홀한 푸른색에서
그 보석 같은 불꽃을 알게 되었듯이요.

"나는 바다에서의 시간들을
좋아했어요."
"I Have Loved Hours at Sea"

나는 바다에서, 잿빛 도시들에서의 시간들,
꽃의 여릿한 비밀,
음악, 나에게 한 시간의 천국을
선물했던 시 짓기를 좋아했어요.

눈 덮인 언덕 위의 첫 별들,
다정하고 슬기로운 사람들의 목소리,
오랫동안 숨어 있다가 마주친 눈에서
마침내 드러나는 사랑의 위대한 눈길도요.

나는 많이 사랑 받고 깊이 사랑 받았어요 —
오, 내 영혼의 불이 나직이 탈 때
나에게 어둠과 고요를 남겨주세요
내가 지치거든 기꺼이 갈게요.

8월의 월출

August Moonrise

　해가 지고 달이 푸른 코네티컷* 언덕을

넘어 떠오르고 있었어요.

서쪽은 장밋빛, 동쪽은 발갛게 물들고

내 머리 위로 제비들이 이리저리

변덕스럽게 날아다녔어요.

난 제비들이 지저귀는 소리를 듣고 때로는 함께

때로는 떨어져서 마치 나무에서 흩날린

거뭇한 꽃잎들처럼 휙휙 날아다니는 모습도 보았

어요.

서쪽 하늘에 찍힌 단풍나무들은

거뭇하고 당당하고 아주 평화로웠고,

흐릿한 오렌지빛의 달이 커져서

서서히 노란 금빛으로 변하는 사이에

언덕들이 겹겹이 어두워져서

꽃이 담을 수 없는 짙푸른 색으로 변했죠.

나는 언덕을 내려갔고 이내

---

* 　미국 북동부(뉴잉글랜드)에 있는 주.

나는 인간의 방식들을 잊었어요
자극적이고 축축하고 상쾌한 밤-내음들이
어느 반짝이는 연못 끝에서
내 안의 황홀을 일깨웠거든요.

　오 아름다움이여, 수많은 컵으로
내가 어렸을 때부터 내내
너는 나를 취하게 하고 격렬하게 만들었지만,
너를 끝까지 사랑할 사람을
어떤 고통도 굴복시킬 수 없고
어떤 슬픔도 완전히 구부릴 수 없다고
지금처럼 확신했던 때가 있었던가?
나는 나의 숨과 나의 웃음과
기쁨이 들어왔던 나의 두 눈과
너울거리는 불꽃 같은 나의 심장을
모두 죽음에 내줘야만 하겠지만,
모두가 나를 떠나 막다르고 두려운
길을 따라 돌아가야만 하더라도,
그리하여 네가 새로워져서
더 강렬한 불, 너의 욕망에
한층 가까운 무언가와 융합한다면,
내 영혼이 홀로 차가운 무한을

헤쳐가야만 하거나

그 영혼 역시 사라져 버리더라도

아름다움, 너를 나는 내내 숭배하리라.

이 한 시간을 나의 모두를 앗아간

그 도둑질에 대한 보상으로 삼으리라.

2

추억

Memories

장소들
Places

내가 사랑했던 장소들이 음악처럼 내게 돌아와요
내가 피곤할 때 나를 달래주고 나를 치유해 주죠.
나는 새로 불붙은 서리에 진홍색 불길에 휩싸인
색스턴*의 불타는 떡갈나무 숲을 보고
나는 그 계곡에 봄이 오기를 갈망해요
오래도록 바랐지만 못 받은 키스를 갈망하듯.

나는 분턴**에 있는 눈 덮인 언덕의 밝은 세상을 알
아요
눈에 보이는 만상에 푸르고 하얀빛이 눈부시게 비추
는 곳,
얼음에 휘덮인 독미나리 가지들이 예리한 얇은 미
풍에
나직이 구부러져서 딸랑거리며 불꽃을 튀기고
무지갯빛 크리스털들이 언 눈밭에 떨어져서 탁탁 부
서지고

---

* "색스턴"은 미국 일리노이주 스타크 카운티에 있는 지명.
** "분턴"은 미국 뉴저지주의 모리스 카운티에 있는 소도시.

겨울 햇살에 차갑고 푸릇한 나무 그림자들이 드리워
지는 곳.

저녁의 베일에 덮이고 싸여서, 어느새 보랏빛으로 변한
언덕들이 크롬웰*에서 꿈처럼 아득해지네요.
나무-지빠귀가 거뭇한 연못들이 있는 우묵한 계곡
한가운데서 비올처럼 부드럽게 노래하고 있어요.
앵초가 어느새 연노랑 꽃들을 펼쳤고
하늘은 별에 또 별을 비추고 있어요.

내가 사랑했던 장소들이 음악처럼 내게 돌아와요 —
한밤, 심해에서 파도들이 졸린 듯이 웅웅거려요.
배의 깊은 노질에 생긴 섬뜩한 인광이
마치 바다에서 익사한 사람들의 영혼 같고,
나는 한밤, 심해에서 숨죽인 채, 끊임없이
시시각각 내게 말하는 한 남자의 목소리를 들어요.

---

* "크롬웰"은 미국 오클라호마주 세미놀 카운티에 있는 마을 이름.

옛 곡조들
Old Tunes

헬리오트로프, 장미, 향기의 물결이
부는 바람 한 자락 없어도 정원에서 떠다니다가
아무도 모르는 데서 우리에게 다가왔다 우리를 떠
나듯

옛 곡조들도 내 마음속에서 떠다니다가
아무 흔적도 남기지 않고 내게서 떠나버려요
숨죽인 바람에 실려 가 버린 향기처럼요.

하지만 선율이 남아 있는 짧은 순간에
나는 다시는 오지 않는 시절의
웃음과 고통을 깨달아요.

나는 많은 곡조를 붙잡으려 애쓰죠
마치 달에서 떨어진 빛 꽃잎처럼
어두운 석호에 밝게 부서지는 곡조들을요.

그러나 그 곡조들은 떠가고 말죠 — 누가

젊음, 향기나 달의 금빛을 붙잡을 수 있겠어요?

"잠들었을 때만"

"Only in Sleep"

잠들었을 때만 그들의 얼굴을 보아요.

내가 어렸을 때 함께 놀았던 아이들,

땋은 갈색 머리의 루이스가 돌아오지요

도발적이고 화끈한 곱슬머리의 애니도요.

잠들었을 때만 시간이 잊히지요 ―

그들에게 무슨 일이 생겼는지 누가 알 수 있겠어요?

그래도 우리는 간밤에 오래전처럼 놀았고

인형의 집이 계단의 모퉁이에 세워져 있었어요.

세월에도 그들의 보드랍고 둥근 얼굴은 뾰족해지지

않았더군요

나는 그들의 눈을 마주쳤는데 여전히 온화했어요 ―

그들 역시 내 꿈을 꿀까 궁금하네요

그들에게 나 또한 아이일까요?

홍관조

Redbirds

홍관조, 홍관조야,

오래오래 전에

내가 알던 언덕에서

꿀 같은 소리로 불러대곤 했지.

박태기나무, 박태기나무,

야생 자두-나무와

남쪽 바다로

흘러가는 도도한 강물

햇살 속에서 갈색과 금색으로

먼 아래쪽에서 반짝거리며

포플러들이 자라는 절벽들을

돌아서 당당하게 나아갔는데 —

홍관조, 홍관조야,

너희는 여전히 노래하고 있니

색스턴 언덕에서

어느 5월에 노래했듯이?

석양 : 세인트루이스

Sunset : St. Louis

여름 노을의 자욱한 연무에 잠겨
내가 머나먼 곳에서 집에 돌아왔을 때
강가에서 꿈꾸는 나의 서부 도시를
　수없이 봤는데.

그럴 때면 한 시간 동안 강물이 황갈색의 금빛과
연보라색과 부연 청록색 망토를 걸치고 있었지
잿빛의 높게 솟은 다리를 떠받치는 커다랗고
　거무스름한 아치들 밑에서.

석양을 배경으로 물-탑들과 첨탑들이
불길에 너울거리며 서쪽 비탈을 오르고
오래된 창고들이 강둑에 보라색 그림자들을
　마구 드리웠지.

그 그림자들 위로 섬은 기차가 천둥 치며 쇄도해서
도시를 가르며 지나가고 나면, 그 밑의 아득한
선창의 배들이 오래된 외륜선들* 옆에 정박한 채

황혼에 젖어 쉬고 있었지.

★ 가운데 양 뱃전에 외차(차바퀴 프로펠러)를 붙인 기선.

동전

The Coin

내 가슴의 금고에

시간이 가질 수 없고

도둑도 훔칠 수 없는

동전을 넣어 두었어요 —

오, 금관 쓴 왕을 새긴

주화보다도 귀한

어떤 사랑스러운 일의

안전하게-보관된 추억이에요.

목소리
The Voice

별들만큼 오래된 원자들,

변화에 거듭되는 변화,

수백만에 수백만의 세포들이

계속 똑같이 나뉘어,

공기와 변하는 흙에서

고대의 동쪽 강들에서

청록색의 열대 바다들에서

나 자신에게 찾아왔어요.

나의 정신은 나의 몸처럼

천 가지 근원에서

혈거인, 사냥꾼, 양치기로부터

카르나크,* 키프로스,** 로마에서 생겨났죠.

내 안의 살아 있는 생각들은

죽은 남자들과 여자들,

마음에서 잊힌 시간과

---

*　　"카르나크"는 상이집트 나일강 동쪽 강가에 있는 신전 유적지.
**　"키프로스"는 지중해 동부(터키의 남쪽, 그리스의 남동쪽)에 있는 섬나라.

무수한 거품들에서 생겨나지요.

잠깐의 순간 동안에
어둠에서 벗어나 이 빛 속으로
나는 나오고 그것들도 나와 함께 나와서
나의 숨결로 말을 찾아요.
수많은 인생-경험의 지혜로
나는 그 말들이 외치는 소리를 들어요. "영원히
아름다움을 찾아라, 아름다움만이
사람과 함께 죽음에 맞서 싸운다!"

3

낮과 밤
Day and Night

세상의 절반 거리나 떨어진

폴란드의 바르샤바에서

내가 가장 사랑하는 사람이

오늘 나를 생각했어요.

나는 알아요, 내가 새처럼

날갯짓하며 가서

자유롭게 흐르는 바람 속에서

바로 그의 목소리를 들었으니까요.

그의 두 팔이 고사리밭에서

나를 껴안고 있었어요.

나는 연못을 들여다보았고

거기에 그의 얼굴이 있었어요 ―

그러나 지금은 밤이고

차가운 별들이 말하네요.

"폴란드의 바르샤바는

세상의 절반이나 떨어져 있어."

보상

Compensation

나는 외로움과 부러진 날개,
목마른 몸, 지친 가슴과
변함없이 아픈 일들이 계속되는
시간들에 기뻐할 수밖에 없어요
내가 사랑스럽고 빛으로 충만한
어느 겨울밤에
추락하는 별처럼 조용하고 짧은
노래 한 곡 만들 수 있다면요.

나는 기억했어요

I Remembered

즐겁거나 가슴-아픈, 빛나거나 흐릿한
나만의 분위기는 전혀 없었죠.
그러나 당신은 나의 열을 덜어주고
내게 그것을 더욱 아름답게 돌려줄 수 있었어요.

많은 다른 영혼 속에서 나는 빵을 쪼갰고
술을 마시며 행복한 손님 역할을 했죠.
그러나 나는 외로웠고, 나는 당신을 기억했어요.
가슴은 그것을 가장 잘 알았던 그분의 것이었어요.

"오 당신이 오고 있겠죠"

"Oh You Are Coming"

오, 당신이 오고 있겠죠, 오고 있겠죠, 오고 있겠죠
배고픈 시간이 그때까지 어떻게 시간들을 제쳐 놓을
까요? —
그런데 왜 그게 남자들의 세상에서 한 남자를
그토록 갈망하는 내 가슴을 화나게 할까요?

오, 나는 오직 나 자신 속에 살며
내 삶을 꿈처럼 가볍고 고요하게 세우고 싶은데 —
내 생각들이 당신의 생각들보다 명확하고
흐르는 냇물 속의 돌들처럼 물들지 않았나요?

지금 느릿한 달이 하늘에서 밝아지고
별들이 나올 준비를 하고, 밤이 왔어요 —
오 왜 내가 사랑하는 당신을 사랑하기 위해
나를 잃어야만 하죠?

귀가
The Return

그이와 왔어요, 그이가 여기 있어요
내 사랑이 집에 왔어요
몇 분이 흩날리는
거품보다도 가볍네요.
몇 시간이 금빛-실내화를 신은
춤꾼들처럼 지나가네요
낮들이 맨발의 재빠른
젊은 경주자들 같네요 ―
내 사랑이 돌아왔어요
그이가 집에, 그이가 여기 있으니
온 세상에서 내 사랑만큼
소중한 것은 없어요!

잿빛 눈

Gray Eyes

당신이 나에게 처음으로
왔을 때가 4월이었고
당신의 눈을 처음 본 나의 눈길은
바다를 처음 본 나의 눈길 같았죠.

우리는 네 번의 4월을
내내 함께 있으면서
흔들리는 버드나무 가지에 맺힌
초록을 바라보고 있어요.

하지만 나를 내려다보는
당신의 잿빛 눈을 돌아볼 때마다
마치 내가 처음으로
바다를 본 것 같아요.

그물

The Net

내가 당신에게 많고 많은 노래를 지어줬지만

당신을 있는 그대로 얘기한 노래는 없었어요 —

마치 말들의 그물을

던져서 별을 잡으려는 꼴이었지.

마치 나의 손을 구부려서

열심히 바닷물에 담갔지만

바다의 푸르고 짙은

황홀경만 잃어버린 꼴이었지.

신비

The Mystery

당신의 눈은 나를 마시고
사랑은 그 눈을 빛나게 하지요
내 눈에 그리 바짝
기대는 당신의 눈을요.

우리는 오랫동안 연인 사이였어요
우리는 서로 기분의
범위와 그 기분이
어떻게 변하는지도 알죠.

하지만 우리가 서로
그렇게 바라볼 때면
우리는 서로 얼마나
모르는지 느끼게 되죠.

영혼이 우리를 피하고 말죠
소심하고 자유롭게 —
내가 행여 당신을 알 수 있을까요

아니면 당신이 나를 알 수 있을까요?

4

병원에서

In a Hospital

열린 창문

Open Windows

창밖에서 푸른 나무들의 바다가
춤꾼의 팔처럼 부드러운 가지들을 쳐들고
손짓하며 나를 부르네요. "햇살 속으로 나와라!"
그러나 나는 대답할 수 없어요.

나는 홀로 허약과 고통을 안고
병들어 누워 있고 6월이 가고 있어요.
나는 6월을 붙들 수 없어요, 6월은
은-초록 옷을 나부끼며 서둘러 지나가지요.

남자들과 여자들이 거리에서 지나다니며
반짝이는 사파이어 빛깔의 날씨를 즐기네요.
그러나 고통과 나, 함께 있는 우리가
그들보다 그 날씨를 더 잘 알죠.

그들은 햇살 속의 경주자들이에요
경주에 숨 가쁘고 앞도 안 보일 지경이죠.
그러나 우리는 응달 속의 관찰자들,

경이로운 광경과 얼굴을 맞대고 이야기하죠.

초승달

The New Moon

낮, 네가 나를 때려서 멍들게 했지
비가 밝고 당당한 바다를 내리치듯이
내 몸을 때리고 내 영혼을 멍들게 했지
사랑스럽고 온전한 나를 망가뜨려 놓았지 —
하지만 나도 너에게서 선물 하나를 빼앗았지
어스름한 파란색에 젖어 죽어가는 낮을.

공장들 너머로 불현듯이
흐릿한 바닷속의 달을 보았으니까 —
돌처럼 단단한 잿빛 세상에서
홀연히 나타난 한줄기 아름다움 —
처녀 달이 하늘에서 깨어나는 순간에
오, 누가 원통하게 죽고 싶겠니?

8시

Eight O'Clock

저녁 식사는 5시에 나오죠

6시에는 저녁별이,

내 애인은 8시에 와요 ─

그런데 8시는 멀어요.

내가 종일토록 내 고통을 어찌 견디겠어요

8시를 나에게

부지런히 데려오는 시계-바늘들을

지켜보지 않는다면요.

분실물

Lost Things

오, 세상이 그냥 가는 대로 둘 수 있어요
세상의 시끄러운 새로운 기적들과 전쟁들도요.
그렇지만 어떻게 내가 하늘을 포기하겠어요
겨울 땅거미가 별들과 함께 지는 순간에요?

그리고 도시들도 그냥 놔둘 수 있어요
도시들의 변하는 풍습들과 신조들도요 —
그렇지만 오, 물봉선화에 은빛 입김을
불어넣는 여름비는 아니에요!

고통

Pain

파도는 바다의 하얀 딸들이고
빗방울은 비의 자식들이죠.
그런데 왜 아른아른 빛나는 내 몸은
고통 같은 엄마를 두었을까요?

밤은 별들의 어머니고
바람은 거품의 어머니죠 —
세상은 아름다움으로 가득 차 있어요
그런데 나는 집에 머물러야만 해요.

갈린 밭

The Broken Field

내 영혼은 차가운 빗속의
거뭇하게 쟁기질된 밭이에요
내 영혼은 비에 쟁기질되어
갈린 밭이에요.

풀과 수그리는 꽃들이
자라고 있었던
그 밭이 새로운 파종을 위해
지금 갈려 있어요.

씨 뿌리는 위대한 이가
내 밭을 다시 밟을 때
저 고랑들에
한층 좋은 곡물을 흩뿌려주기를.

영계靈界

The Unseen

죽음이 누구에게도
보이지 않는 복도를 올라갔어요
황혼 예복을 질질 끌며
간병인과 수녀를 지나갔어요.

죽음이 문마다 멈추어
얼마나 죽음과 가까이 있는지조차
모르는 이들의
숨소리에 귀를 기울였어요.

죽음이 복도를 따라 올라갔어요
간병인과 수녀에게는 보이지 않았어요.
죽음이 수많은 문을 지나갔어요 —
그런데 그가 한 문으로 들어갔어요.

기도
A Prayer

제가 죽어갈 때, 알게 하소서
채찍처럼 얼얼하긴 했지만
제가 날리는 눈을 사랑했다는 것을,
제가 사랑스러운 모든 것들을 사랑했고
그에 따르는 고통마저 명랑한 입술로
달갑게 받아들이려고 노력했다는 것을,
제가 온 힘을 다해서, 제 영혼의
완전한 깊이와 길이까지, 제 가슴이
부서져도 개의치 않고 사랑했다는 것을,
아이들이 모든 것에 딱딱 곡을
붙여 노래하듯이 저도 노래하며
삶 자체를 위해 삶을 사랑했다는 것을.

5

봄 홍수
Spring Torrents

내가 죽을 때까지 계속 이런 날일까요
봄마다 내가 그 모두를 다시 견뎌야 하나요,
단풍나무 가지들이 붉은 연무처럼 새록새록 움터나고
첫 비가 달콤한 내음을 풍기는데요?

오, 내가 마치 불어나는 강물 속의 바위 같아요
밀려드는 물이 부서지며 나직이 소리치는 그곳에서 ―
물이 외치는 소리를 알아듣고도 화답할 수 없는
바위 같아요.

"나는 별들을 알아요"

"I Know the Stars"

나는 알데바란, 알테어* 같은

별들의 이름을 알고

나는 그 별들이 하늘의 넓고 푸른

계단을 올라가는 길도 알아요.

나는 사람들의 눈빛으로

그들의 비밀들을 알아보죠.

그들의 잿빛 생각들, 그들의 낯선 생각들이

나를 슬프고 슬기롭게 만들었어요.

하지만 당신의 눈은 내게는 어두워요

그 눈빛이 부르고 또 부르는 듯하지만 ―

나는 당신이 나를 사랑하는지

아니면 나를 사랑하지 않는지 모르겠어요.

나는 많은 것들을 알아요.

---

* "알데바란"은 황소자리에서 가장 밝게 빛나는 별이고, "알테어"는 독수
  리자리의 주성 견우성을 말한다.

하지만 세월이 오고 가도

나는 내가 알고 싶은 것을

알지 못한 채 죽을 거예요.

이해

Understanding

나는 다른 사람들을 너무 잘 이해해서

그들의 모든 생각들이

마치 해 밝은 얕은 바다의 놀 속에 비치는

잿빛 해초처럼 맑게 와 닿았어요.

그러나 나는 결코 이해하지 못했죠

당신 영혼의 비밀은 오래전에

어느 스페인 갈레온*에 실려 차가운 바닷속에

가라앉은 황금처럼 숨어버리니까요.

---

* "갈레온"은 15~17세기에 스페인에서 군용선이나 아메리카 무역에 활용
한 3~4층 갑판의 대형 범선.

해거름

Nightfall

우리 둘이서 밤이면 걷곤 했는데
이제 다시는 걷지 못하겠죠.
눈이 새로이 내려 하얗게 쌓였을 때
금빛 가로등 밑으로 길게 늘어지는
우리 그림자들을 바라보곤 했는데.

우리 둘이 천천히
다시는 걷지 못하겠죠
공원이 한밤 이슬에 젖어
향긋하고 지나가는 사람도
거의 없는 봄날이 와도요.

나는 앉아서 그 모두를 생각하고
푸른 6월 황혼이 저물어가네요 ―
쨍그랑거리는 광장 아래쪽에서
거리의 피아노가 울어대고
별들이 하늘에서 나오네요.

"그것은 말이 아니에요"

"It Is Not a Word"

그것은 언급된 말이 아니에요

말들은 거의 발설되지 않아요.

두 눈의 어떤 표정도 아니고

고개를 숙이는 것도 아니에요

너무 많이 품어서 간직하지 못하는

가슴의 침묵일 뿐이에요

아주 가벼운 잠을 자며

깨어 있는 기억들일 뿐이에요.

"내 가슴이 무겁네요"

"My Heart Is Heavy"

내 가슴이 많은 노래로 무겁네요
잘 익은 과일이 나무를 늘어뜨리듯이요.
그러나 나는 당신에게 한 곡도 줄 수 없어요 ―
내 노래들은 나의 것이 아니거든요.

그렇지만 저녁에 어두컴컴해져서
나방들이 왔다 갔다 할 때
잿빛의 시간에 혹시 그 과일이 떨어지거든,
그걸 가지세요, 아무도 모를 거예요.

밤들은 기억하지요

The Nights Remember

한때 당신이 그토록 멋지게 만든 당당한 시간들을

낮들은 기억하고 밤들은 기억하지요

그 시간들이 내 가슴속 깊이 황홀한 모습으로 숨어

있으니까요

호화로운 예복을 입은 군주들처럼 묻혀 있으니까요.

그 시간들은 다시는 깨어나지 않고 거기 누워서

화려한 보석과 옷 장식의 추억들에 싸여 있는 게 나

아요 —

수많은 유령 왕이 죽음-잠에서 깨어났다가

자신의 왕관이 도둑맞고 왕좌도 무너진 것을 알았

어요.

"잊어버리세요"
"Let It Be Forgotten"

잊어버리세요, 꽃이 잊히듯이

한때 금빛으로 노래하던 불처럼 잊어버리세요

영원히 영원히 잊어버리세요

시간은 친절한 친구, 그가 우리를 늙게 할 거예요.

누가 묻거든, 잊어버렸다고 하세요

오래 오래전에

꽃처럼, 불처럼, 오랫동안 잊힌 눈 속에서

고요해진 발소리처럼요.

6

검은 컵

The Dark Cup

오월제

May Day

새의 노랫소리가 섬세한 직물처럼
허공에서 감도네요.
촉촉한 자연의 흙내음이
곳곳에서 묻어나네요.

단풍나무의 붉고 작은 잎사귀들이
손처럼 꽉 쥐어 있네요.
첫 성체 배령에 참석한 소녀들처럼
배나무들이 서 있네요.

오, 내 입술을 훔치는 빗방울,
내 손길에 와닿는 풀잎도
그냥 지나치지 않고
한껏 사랑해줘야 할까 봐요.

비 온 후에 반짝이는
5월 첫날의 세상을
내가 다시 보리라고

어떻게 확신할 수 있겠어요?

"탈출구는 없기에"

"Since There Is No Escape"

탈출구는 없기에, 결국에는

내 몸이 완전히 파괴될 것이기에

내가 친구를 사랑했듯 사랑하는 이 손도,

내가 보살피며 함께 울고 즐겼던 이 몸도.

빗속 과수원의 향기도, 바다도

너무 조용해서 기도에 알맞은 쓸쓸한 시간들도 ─

너무 날카로워서 품을 수 없는 사랑으로

삶을 사랑하는 나에게조차 탈출구는 없기에.

어둠이 나를 기다리기에, 그러니 더더욱

내가 해변에 밀려드는 파도처럼 당당하게

내려가서 나의 마지막 숨결로 노래하게 하소서.

이 몇 시간의 빛 속에서 나는 고개를 들고

삶이 나의 연인이니 ─ 죽음과 싸울 길이 있다면

나는 기꺼이 죽은 이를 두고 떠날 거예요.

"내 가슴의 꿈들"

"The Dreams of My Heart"

내 가슴과 마음의 꿈들이 지나가네요

나랑 오래 머무르는 꿈은 없죠

그렇지만 나는 아이 때부터

노래의 깊은 위로를 품고 있어요.

혹시 그 노래가 나를 떠나버린다면

내가 죽음을 찾아서 어제의 비처럼

연주를 마치고 잊힌 노래들과

함께 머물게 해주세요.

"잠시나마"
"A Little While"

내가 떠나면 잠시나마

내 삶이 내가 남긴 음악 속에서 살겠지요

파도가 만조에 잠겨 사라진 후에

피어나서 떠다니다가 터져 버리는 거품처럼요.

잠시 이 밤들과 낮들도 노래로 타올라서

거품처럼 밝고 여릿하게

살아남아 빛나다가 금시에

자기네 집, 무無로 돌아가고 말겠지요.

정원

The Garden

내 가슴은 가을에 지친 정원이에요.

수그린 과꽃과 묵직하고 거뭇한 달리아로 수북이 쌓여

몽롱한 햇살 속에서 정원은 4월을 떠올리죠

억수로 퍼붓는 비와 불꽃처럼 확 피어나는 영롱한

스노드롭

아침의 차가운 바람에 날리는 수선화

그리고 금빛의 튤립, 비를 담은 고블릿* ―

정원은 눈에 잠겨서 이내 잊히고 잊히겠지요 ―

그 정적 후에, 봄이 다시 올까요?

---

* "고블릿"은 금속이나 유리로 만든 튤립 모양의 잔. 손잡이가 없고 받침
   이 달려 있다.

술
The Wine

난 죽을 수 없어요, 초승달 잔으로
환희를 들이켰거든요
그리고 남자들이 빵을 먹듯 탐욕스럽게
6월의 향긋한 밤들을 사랑했거든요.

남들은 죽을 수 있겠죠 ― 하지만 나는
아름다움 속에서 불멸의
밝은 술을 구했는데
반짝이는 신기한 탈출구가 없을까요?

어느 쿠바 정원에서

In a Cuban Garden

히비스커스꽃들은 불컵들이에요

(나를 사랑해줘요, 임이여, 삶은 머물러 있지 않아요)

밝은 포인세티아가 바람에 흔들리네요

주홍 꽃잎 하나가 날려 가네요.

도마뱀 한 마리가 고개를 들고 귀를 기울이네요 ―

한낮이 지나가기 전에 내게 키스해줘요

이 케이폭나무* 그늘에 나를 숨겨주세요

하늘을 맴도는 거대한 검은 독수리가 보지 못하게요.

---

* "케이폭나무"는 아욱과의 낙엽 교목으로, 15~30m까지 자라고 줄기가
수평으로 퍼진다.

"내가 가야만 한다면"

"If I Must Go"

내가 세월을 계단처럼 올라

하늘 끝까지 가야만 한다면,

내 곁에서 영원히 수그린 채

그 두 눈으로 나를 내려다봐 주세요.

시간이 날리는 낙엽처럼 날아서 우리를 지나가겠죠.

우리는 유의하지 않을 거예요, 우리는

삶을 초월하여, 죽음을 초월하여

변함없이 알고 알아가는 중일 테니까요.

7

봄에, 산타바바라에서[*]

In Spring, Santa Barbara

나는 두 주 동안 내내 행복했어요
내 사랑이 집에 오는 중이거든요.
날씨는 금빛과 은빛이고
바다도 청금석처럼 매끄럽고요.

비가 사흘 밤이나 콧노래를 부르더니
대지가 갈색에서 녹색으로 바뀌었어요.
그리고 계곡들에서 주홍빛 얼룩의
홍방울새들이 쪼아대며 몸치장을 하네요.

산속의 높은 곳에서 동그마니
야생 백조들이 호수에 앉아 꺼엉껑 우네요.
하지만 나는 돌처럼 가만히 있었어요
내 가슴은 부서질 때만 노래하거든요.

---

[*] "산타바바라"는 미국 캘리포니아주 서남 연안에 있는 도시.

하얀 안개

White Fog

하늘을 침범하는 언덕들이
드넓게 굽이치는 안개 물결에 잠겨 있네요.
우리 집 문 앞의 풀협죽도가
뚝뚝 듣는 자수정 화환에 감겨 있네요.

단단한 흙에서 10피트 떨어진 허공이
녹아내리는 구름으로 변하네요.
고통과 기쁨의 침묵이 감돌고 있어요
용기 내어 울부짖는 새 한 마리 없네요.

하늘도 없고 땅도 없고
바다도 없는 이 세상에서
유일하게 변하지 않는 것은 나뿐,
내 몸만 남아서 나를 위로하네요.

아르크투루스*

Arcturus

아르크투루스가 지금도 분명하게**

봄을 다시 데려오지요, 예전에

그리스의 소녀들과 사내들에게도

동쪽의 섬들 위에 나타났듯이요.

황혼이 맑은 청색이네요.

그 별이 흔들흔들 밝게 빛나며

그들***에게 선물했던 똑같은 생각을

오늘 밤에 나에게 선물하네요.

---

* "아르크투루스"는 목동자리의 가장 큰 별로, 대각성(大角星)으로 불린다.
** "분명하게"라는 표현은 '밝게 빛날 때'로 이해할 수 있겠다.
*** 그리스 소녀들과 사내들.

달빛

Moonlight

내가 늙으면 달빛이 나를 아프게 하지 않겠지요
달빛이 불탔던 곳에서 흐르는 물결도
은빛 뱀들처럼 나를 찌르지 않겠지요.
세월이 나를 슬프고 차갑게 만들겠지요
부서지는 것은 행복한 가슴이고요.

가슴은 삶이 줄 수 없는 많은 것을 요구하지요
그것을 배우고 나면 다 배운 셈이겠지요.
파도는 부서져서 보석 박힌 주름에 주름을 더하죠
그러나 아름다움은 본래 덧없는 것이라서
내가 늙어도 나를 아프게 하지 않겠지요.

아침 노래

Morning Song

아침의 다이아몬드 같은 햇살이
나를 한 시간이나 일찍 깨웠어요.
여명이 별빛들을 흡수하고
희미한 하얀 달을 남겨 놓았더군요.

오 하얀 달, 너도 외롭구나,
나도 그렇단다
하지만 우리에겐 방랑할 세상이 있잖니,
외로운 이만이 자유롭단다.

잿빛 안개
Gray Fog

안개가 밀려드네요, 묵직한 짐을 실은
바다의 차갑고 하얀 유령 —
하나둘 언덕들이 사라지네요
길도 후추나무도요.

나는 창가에서 떠오르는 안개를 보고 있어요
눈이 멀어버린 온 세상과 함께
모든 것, 나의 그리움까지 졸고 있네요
내 마음속의 생각들까지도요.

나는 펼친 두 손에 내 이마를 얹었어요
할 일도 할 말도 없어요
바라는 것도 없어요, 나는 지쳤어요
그래서 죽은 이처럼 무거워요.

종소리
Bells

서쪽 하늘이 녹슨 듯 불그스름하게
가을 황혼에 물든 6시 정각에
포교의 종들이 저 아래 계곡에서
하루가 저물었다고 외쳐대네요.

첫 별이 강철처럼 날카롭게 찌르네요 —
왜 나는 갑자기 이렇게 추울까요? —
저마다 다른 소리를 내는 세 개의 종이
계곡에서 땡그랑땡그랑 지겹게 울렸어요.

베니스의 종들, 바다의 종들,
계곡의 종들이 무겁게 진득하게 —
그 붐비는 세상에는 날들이 가는 것을
내가 잊고 지낼 만한 곳이 없어요.

사랑스러운 기회

Lovely Chance

오 사랑스러운 기회여, 당신에게 고마움을
표하려면 내가 뭘 할 수 있을까요?
당신은 나의 몸과 나 사이에서
슬기롭게 끈질기게 떠오르지요.
나는 몸과 영혼을 망치고 말았을 거예요
당신 덕분에 여전히 온전하지만요.
나를 구하려고 당신은 많은 일을 했죠
당신은 나에게 성스러운 선물을 많이 줬어요
내가 간절히 꿈꾸는 것보다 많은
음악과 친구들과 행복한 사랑을요.
그래서 지금 이 드넓은 황혼의 시간에
땅과 하늘에 짙은 푸른 꽃을 두고
겸허한 마음으로 내가 당신의 지혜 ― 그리고
당신의 고집스러움을 축복하는 거겠죠.
당신이 나를 여기까지 데려다준 덕에
내기 언덕에서 하늘을 등에 지고 살며
산들과 바다와 후추나무에 걸린
흐릿한 하얀 달을 바라보네요.

8

"부슬비가 내리면"
(전시에)
"There Will Come Soft Rains"

부슬비가 내리면 흙내가 풍기고
제비들이 어른어른 지저귀며 빙글빙글 돌고

개구리들이 밤에 연못에서 노래하고
야생 자두나무들이 하얗게 흔들리고

울새들이 깃털 불옷을 걸치고
낮은 철조망에 앉아 즉흥곡을 지저귈 테니

아무도 전쟁을 모를 거예요, 마침내
전쟁이 끝나도 아무도 신경 쓰지 않을 거예요.

인류가 완전히 멸망하더라도
새도 나무도, 아무도 마음 쓰지 않고

봄 자신도, 새벽에 깨어나면,
우리가 사라진 줄도 모를 거예요.

정원에서

In a Garden

세상이 소리 없이 움직임도 없이 쉬고 있네요.
사과나무 뒤로 해가 지면서
느릅나무-그늘진 마을의 첨탑들과 창문들에
불꽃으로 그림을 그리네요

고요한 코네티컷 너머의 언덕들이 아직 꽃을 달고
있는
풋열매들처럼 연무에 은빛으로 물들어 있네요
제비들이 천정을 가로질러 날아다니며
공기 베틀에 천을 짜네요.

정원으로 평화가 황혼과 함께 돌아오네요
한낮이 지나고 보라색 풀협죽도,
축 처진 과꽃, 늦은 장미와 흔들리는 접시꽃을
두고 떠났던 평화가요.

한낮에 바로 이 정원에서 내가 들었으니까요
아득히-멀리서 많은 이가 다가오며 속삭이는 소리,

마을에서 맹목적으로 두드리며 놀처럼 밀려오는
북의 붉은 음악 소리

그리고 차가운 가을 대기를 박살 내버린
발작적이고 날카로운 파이프 소리를요.
그 사이에 그들이 왔죠, 젊은 병사들이 행진해서
마을 광장을 지나갔어요……

고요한 코네티컷 건너편의 언덕들이 보랏빛으로
바뀌네요, 땅거미의 베일들이 짙어요 —
대지가 자식들의 숱한 슬픔을 담담하게 받아들이고
마음을 가라앉히고 잠이 드네요.

나한트*

Nahant

느릅나무가 제 아름다움의 무게에 눌려 휘어지듯
대지도 휘어요, 자신의 황홀경, 녹아내리는 바다,
풍성한 이파리들과 번지르르한 구릿빛 해초들의
무게에 눌려서요.

벼랑의 갈라진 틈들이 자줏빛 모래-콩알들과
대양보다도 푸른 치커리꽃들을 비호하며
거품을 드높이 내뿜네요, 햇살에 젖은 하얀 불,
물의 보석들을요.

바위 턱에 부서지는 파도의 즐거운 천둥소리가
전쟁과 검은 전쟁의 슬픔을 잊게 해주네요 ―
카키색 군복 차림의 호리호리한 초병이 하늘을 등진 채
왔다 갔다 하네요.

---

* "나한트"는 미국 매사추세츠주의 에식스 카운티에 있는 도시.

겨울 별

Winter Stars

나는 밤에 홀로 나갔어요.
바다 너머로 흘러가는 젊은 피가
내 영혼의 날개를 흠뻑 적신 것 같았어요 —
나는 내 슬픔을 힘겹게 참았어요.

그런데 눈밭에 흔들리는 그림자들에서
내가 고개를 들었을 때
동쪽 하늘에서 예전처럼 견실하게
불타는 오리온이 보였어요.

내 아버지 집의 창문에서
겨울밤이면 숱한 꿈을 꾸며
나는 한 소녀로서 다른 도시의
등불들 위에 뜬 오리온을 바라보았죠.

세월이 가고, 꿈들이 가고, 젊음도 가지요
세상의 가슴은 전쟁에 짓밟혀 부서지고요.
모든 것이 변했어요, 동쪽 하늘의

저 충실하고 아름다운 별들을 빼고는요.

한 소년
A Boy

전쟁에 관한 생각들과 사망자 명단에 시달리며
지쳐서 일하는 사람들의 소음에서 벗어난
소년의 아름다움이 선선한 바람처럼 나를 맞았어요
소년다운 깔끔한 아름다움과 높이-쳐든 머리

비밀을 말했던 눈, 비밀을 말하지 않으려 했던 입술,
용감하면서도 수줍어하는 그 젊고 지칠 줄 모르는
눈 ―
지금 수백만의 사람들이 죽는 것은 신의 실수 때문
이에요
하지만 이 소년을 만들었으니 분명 슬기로운 분일
거예요.

겨울 땅거미

Winter Dusk

얼음에 휜 나무들을 휘덮는
강렬하고 맑은 황혼을 바라봅니다.
나뭇가지들이 희미하게 딸랑딸랑
수정 같은 곡조를 연주하네요.

낙엽송들이 고요한 눈밭 위로
은빛 줄기들을 수그리네요.
한 별이 서쪽 하늘에 켜지고
두 별이 천정에서 빛나네요.

잠시 나는 전쟁들과 슬퍼하는
여인들을 잊었어요 ―
나는 나를 낳아준 엄마를 생각하고
내가 태어난 것을 그분께 감사드려요.

9

바닷가에서
By the Sea

변하지 않는 것들
The Unchanging

햇살에 휩쓸린 해변과 거대한 푸른 원처럼

둘러싸인 바다에서 불어오는 가벼운 바람과

긴 파도들이 하얗게 부서지며 내는 은은한 천둥소

리 —

이런 것들은 나에게나 사포*에게나 똑같았죠.

2000년 — 그 많은 세월이 영원히 지나갔어요

변화가 신들과 배들과 사람들의 말을 가져가지요 —

하지만 시간이 지나가는 이 해변에서는

가슴이 지금도 그때처럼 아리답니다.

* "사포"는 기원전 610~580년경 소아시아 레스보스섬에서 활동한 여성
시인으로, 대부분 레스보스섬의 미틸레네에서 살았다. 당시 레스보스에
는 여성들이 한가롭게 오락을 즐기며 시를 써서 낭송하는 사교모임이
많았는데, 특히 사포가 이끈 모임에 많은 숭배자가 모여들었다. 그녀 시
의 주요 주제는 모임 내의 여자들이나 경쟁 관계에 있던 다른 모임들의
여자들과 주고받은 애정, 질투, 증오 같은 지극히 개인적인 감정들로, 그
녀는 그런 감정들을 구어체로 간결하게 직설적으로 사실적으로 표현하
였다. 티즈데일의 시는 형식과 내용 면에서 사포의 시를 많이 닮았다.

6월 밤

June Night

오, 대지여, 당신이 오늘 밤 너무나 소중한데
내가 어떻게 잠을 잘 수 있겠어요
사방에서 비에 젖은 향기와 땅에 말을 거는
태양의 아득하고 깊은 소리가 떠도는데요?

오, 대지여, 당신은 내게 내가 가진 전부를 주었죠.
나는 당신을 사랑해요, 사랑해요 — 오 보답으로
내가 당신에게 줄 수 있는 것은 —
내가 죽은 후의 내 몸밖에 없는데 어쩌죠?

"휘는 보리처럼"

"Like Barley Bending"

바닷가 낮은 밭에서
거센 바람에
끊임없이 휘며
노래하는 보리처럼

휘었다가 다시
일어나는 보리처럼,
나도 부서지지 않고
고통을 딛고 일어나고 싶어요.

나도 부드럽게
낮 내내, 밤 내내
나의 슬픔을 노래로
바꾸어 부르고 싶어요.

"오, 불과 태양의 날이여"

"Oh Day of Fire and Sun"

적나라한 불꽃처럼 순수했던

오, 불과 태양의 날이여,

그이가 내 이름을 불렀던 푸른 바다,

푸른 하늘과 회갈색 모래밭이여

웃음과 가슴이 벅차도록 들떠서

영혼이 자유롭게 날아

하늘로 솟구치고

바다로 뛰어들었던

불타는 수정 같은

오, 불과 태양의 날이여,

느린 날들이 하루하루 지나가네요

그러나 당신은 돌아올 줄 모르네요.

"나는 당신을 생각했어요"

"I Thought of You"

이 아름다움을 너무나 사랑하는 당신을
생각하며 긴 해변을 혼자 걸어가다가
일정하게 우르르 부서지는 파도 소리를 들었어요
당신과 내가 언젠가 들었던 그 단조로운 소리였죠.

내 주위에는 메아리치는 모래언덕이, 그 너머에는
반짝거리는 은빛의 차가운 바다가 있었죠 —
우리 둘이 용케 죽음을 면해서 나이가 늘어가도
당신이 나랑 그 소리를 다시 듣지는 못하겠죠.

모래언덕에서
On the Dunes

죽음이 끝났을 때 어떤 삶이 있다면
이 황갈색 해변은 나에 대해 많이 알 테니
나는 다시 돌아올래요, 변화무쌍하면서도 한결같은
변치 않는 다양한 색깔의 바다처럼요.

혹시 삶이 적다고 내가 내내 경멸했다면
용서하세요. 내가 죽음의 위대한 고요 속에서
불꽃처럼 곧추설 테니 내가 필요하면 당신이
바다 쪽 모래언덕에 서서 내 이름을 부르세요.

물보라

Spray

당신이 밤새 나를 생각했다는 것을 알고 있었어요
당신은 멀리 떨어져 있었지만 알고 있었어요.
당신의 사랑이 나를 휩쓰는 것을 느꼈어요
마치 바람에 찢긴 검은 바다가
바들거리는 물보라로 나를 흠뻑 적시듯이요.

사랑하는 방법은 아주 많아요
방법마다 독특한 기쁨이 있죠 ―
그러니 몰아치는 바다가 밤새도록
내륙으로 뿌리는 물보라처럼 그냥
나에게 오는 것에 만족하세요.

죽음이 친절하다면

If Death Is Kind

혹시 죽음이 친절해서 돌아올 길이 있다면
우리 어느 향긋한 밤에 대지로 돌아오자고요.
이 오솔길 따라 바다를 찾아가서 몸을 수그린 채
하얗게 깔린 이 인동덩굴 꽃향기를 맡자고요.

밤이 되면 둘이서 이 쟁쟁 울리는 해변으로 내려가
자고요
바다의 길고 부드러운 천둥소리가 들리는
여기서 한 시간 동안 드넓은 별빛에 젖어
함께 있으면 행복할 거예요, 죽은 이는 자유로우니
까요.

10

생각들

Thoughts

내가 완전히 혼자 있을 때
나를 제일 부러워하세요
그럴 때면 내 생각들이 아롱아롱
무리 지어 나를 에워싸고 맴돌거든요.

어떤 생각은 은색 옷을 입고
어떤 생각은 하얀 옷을 입었어요
저마다 가느다란 양초처럼
빛-꽃을 피우지요.

대부분의 생각이 즐겁고
그중 일부는 진중하죠
그 생각들은 모두 물결치는
버드나무처럼 나긋나긋하죠.

어떤 생각은 제비꽃을 품고
어떤 생각은 월계수 잎을 품고 있죠
불타는 장미를 품은 생각도

숨어 있어요 —

내가 완전히 혼자 있을 때
그때 나를 부러워하세요
나에게 여자들과 남자들보다
좋은 친구들이 있으니까요.

얼굴들

Faces

도시의 산발적인 굉음 속에서

내가 만나고 지나가는 사람들,

내가 금방 잃어버리고

한 번도 찾은 적 없는 얼굴들

우리의 눈이 마주치면

당신은 얼마나 많은 얘기를 하고

당신의 어설픈 눈속임을 꿰뚫어 본

나는 얼마나 부끄럽고 슬픈지 아세요?

비밀들이 소리 없이 달려들고

당신이 숨겨 놓은 곳들에서 소리치죠 —

나를 봐주세요, 나는 지나치는

얼굴들의 슬픔을 견딜 수가 없어요.

— 불안한 거리에 있는 사람들이여,

우리의 눈이 마주치면

당신도 못지않게 나를 안다고

할 수 있을까요, 오 그럴 수 있을까요?

저녁 : 뉴욕

Evening : New York

저녁의 푸른 먼지가 나의 도시를 휘덮네요

창문-불빛들이 타고 오르는 꽃들처럼

벽들에서 무수히 무수히 피어나는

높은 탑들과 지붕들의 대양을 휘덮네요.

강설
Snowfall

"그녀는 불행할 리 없어." 당신이 말했죠.
"미소들이 그녀의 눈에 깃든 별들 같고
그녀의 웃음소리가 엉겅퀴 관모처럼
그녀의 나직한 대답들을 감싸잖아."
"그녀가 불행해?" 당신이 말했죠 —
그런데 대체 누가 다른 사람의
애끓는 마음을 알겠어요 —
알 수 있는 건 자기 마음뿐이에요.
그래서 그녀도 쉬쉬하는 것 같아요
그녀의 가슴이
마치 눈에 묻혀 꺼져 버린
사냥꾼의 모닥불처럼 잦아든 듯이.

조용한 전투
(J. W. T. 주니어*를 추모하며)
The Silent Battle

그는 깃발도 북도 없는 곳에서

소총 소리도 없이

살금살금 적들이 다가오는

그 전투에 참전한 군인이었어요.

한 해가 시작되고 다 가도록, 낮밤으로

적들이 그를 서서히 후퇴하게 했고

그의 외롭고 용감한 싸움을 위해

부는 파이프도, 두드리는 북도 하나 없었어요.

겨울 안개 속에서, 모여드는 옅은 안개 속에서

잿빛의 암울한 전투가 끝났어요 ─

그리고 막판에 가서야 우리는

그의 적이 그의 친구로 바뀐 것을 알았어요.

---

*   47세의 나이에 뇌졸중으로 사망한 존 워런 티즈데일 주니어(John Warren Teasdale Jr., 1870~1917) ─ 사라의 둘째 오빠 ─ 를 가리킨다. 그도 사라처럼 병약했다.

성역

The Sanctuary

내가 두려움을 모르고, 초연하고

애증의 숨결에서 완전히 자유로우며

절망하지 않고

사람들에게 가해지는 슬픔의 아픈 짐을 직시하는

나의 가장 내밀한 나를 지킬 수 있다면

내가 심지어 기도도 필요 없는

그 성역을 지킬 수 있다면

내가 정말 그럴 수 있다면, 그렇다면

조용하고 공평무사하게 더욱 슬기로워져서

내가 하나님도 진지하게 용서하는 눈으로 쳐다볼 수

있으련만.

항해 중에

At Sea

오르락내리락하는 배의 갑판 위에서

끌어당기는 바람 속에 외로이 서 있어요.

나를 에워싼 사나운 밤이, 발밑의 사나운 물이

폭풍에 휩쓸려 괴성을 지르며 외쳐대고 있어요.

대지가 적대하고 바다도 적대하는데

왜 내가 쉴 곳을 찾겠어요?

나는 가슴속의 치유되지 않는 상처

두려움과 늘 싸워야 하고 싸우다 죽을 수밖에 없어요.

먼지
Dust

오랫동안 숨겨져 있었던, 오래전에
은밀한 장소에 숨겨 놓은 보석을 보러 갔을 때
나는 떨었어요, 그 시커먼 불을 보고 싶었거든요 —
그런데 한 줌의 먼지만 내 얼굴에 날아들었어요.

이제 먼지로 변해서 내 눈을 쓰라리게 하는
무엇 때문에 오래전에 내 목숨을 바칠 뻔했죠 —
대체 얼마나 자주 가슴이 찢어져야만
세월이 가슴을 슬기롭게 만들 수 있을까요.

롱힐*

The Long Hill

내가 조금 전에 산마루를 지났나 봐요

그래서 지금 내려가고 있어요 —

산마루를 지나놓고도 모르다니 참 이상하지만

가시덤불이 나의 겉옷 자락을 계속 붙들고 있었죠.

아침내 나는 생각했어요, 거기에 여왕처럼

꼿꼿이 서서 발밑에 세상을 두고

바람과 햇살에 싸여 있으면 얼마나 뿌듯할까 —

그런데 공기가 탁해서 보이는 게 거의 없었죠.

다져진 길을 따라 거의 평평한 산마루였는데

가시나무들이 나의 겉옷을 붙들었죠 —

그렇지만 돌아갈까 생각한들 무슨 소용이겠어요

남은 길은 그냥 내려가면 그만인데요.

---

* "롱힐"은 미국 노스캐롤라이나주 서리 카운티에 있는 자치구.

11

여름 폭풍

Summer Storm

퓨마 같은 바람이

밤에서 뛰쳐나왔어요

번개 뱀이

하얗게 비비 꼬고 있어요

천둥 사자가

으르렁거려요 ― 그리고 우리는

한 나무 밑에

가만히 만족스럽게 앉아 있어요 ―

우리는 운명을 함께 맞이했어요

사랑도 고통도요.

왜 우리가 비의 격노를

두려워하겠어요!

결국에는

In the End

말할 수 없었던 모든 것,

행할 수 없었던 모든 것이

결국에는 태양의 뒤편

어딘가에서 우리를 기다리죠.

상심해서 놓아 버린 모든 가슴이

고통 없이 우리 가슴이 될 거예요

우리는 그 가슴을 가볍게 받아들일 거예요

소녀처럼 비 온 후에 꽃을 꺾듯이요.

그 가슴들이 마침내 우리 가슴이 되면

결국에는 아마도

하늘도 우리를 위해 열리지 않으려 하고

천국도 우리의 부름에 응하지 않으려 하겠죠.

"그것은 변하지 않을 거예요"

"It Will Not Change"

아주 많은 세월이 흘러도

그것은 이제 변하지 않을 거예요.

삶도 이별이나 눈물로

그것을 깨뜨리지 않았어요.

죽음도 그것을 바꾸지 못할 거예요

내가 가고 없더라도

그것은 당신을 위한

나의 모든 노래 속에서

계속 살아갈 거예요.

변화

Change

그때의 내 모습을 기억해 주세요.

지금 내게서 돌아서더라도, 늘 봐주세요

사랑이 여름밤의 떨리는 별들처럼

밝게 만들어준 눈빛으로

한밤중에 꽃피는 나무 옆에 서서

웃던 그 아련한 소녀를요.

지금 내게서 돌아서더라도, 늘 들어주세요

우리가 함께한 그 1년의 청춘

우리가 알았던 유일한 청춘의

이슬에 젖어서 속살댔던 웃음소리를요 ―

지금 내게서 돌아서세요, 그러지 않으면

다른 세월이 나에게 저지른 일들을 알게 될 테니까요.

수련
Water Lilies

만일 당신이 오후의 그늘에 잠긴 산속의

거뭇한 호수에 떠 있는 수련들을 잊었다면

만일 당신이 그 촉촉하고 나른한 향기를 잊었다면,

그렇다면 당신이 겁내지 않고 돌아올 수 있겠지요.

그러나 당신이 기억한다면, 그렇다면 연못들이 멀찍이

떨어져 있는 평원과 대초원으로 영원히 돌아서 버리

세요.

해질녘에 오므리는 수련들을 타고 당신이 거기 오지

않으면

산의 그림자들이 당신의 가슴을 엄습하지 않을 테니

까요.

"몰랐다고요?"
"Did You Never Know?"

오래전에 당신이 나를 얼마나 많이 사랑했는데, 몰랐
다고요 ─

당신의 사랑은 절대 줄지 않고 절대 동나지 않을 거
랬잖아요?

그때 당신은 젊었죠, 당당하고 기운찬 가슴의 소유자
였어요.

당신은 너무 젊어서 알 수 없었죠.

운명은 바람 같아서 돌풍이 부는 계절이 되면

붉은 잎들이 바람에 떨어져서 멀리멀리 날아가죠 ─

지금은 서로 거의 만나지 않지만, 당신의 말소리를
들으면

나는 내 사랑, 내 사랑, 당신의 비밀을 알아차리죠.

보물

The Treasure

사람들이 내 노래를 보면
한숨 쉬며 말할 거예요.
"밤에도 낮에도 외로운
가련한 영혼, 수심 어린 영혼."

그들은 절대 모를 거예요
나에 대한 당신의 모든 사랑이
봄보다 확실하다는 것을요,
바다보다도 강하다는 것을요

바람이 차가운
버려진 들판에
구두쇠의 황금처럼
보이지 않게 숨겨져 있다는 것을요.

폭풍
The Storm

커다란 나무들이 내는
쇄도하며 퍼붓는 바닷소리로
기쁘고 두렵게 만드는 바람 때문에
잠에서 깨었는데 당신이 생각났어요.

한 생각이 내 마음속에 자꾸 떠오르는 사이에
어둠이 떨리고 잎들이 얇아졌죠 —
바로 당신이 나를 찾아온 줄 알았어요
당신은 그 바람이었어요.

12

나를 위한 노래
Songs For Myself

나무
The Tree

오, 나 자신한테서 벗어나
남김없이 기억에서 지워 버리고
내 가슴을 12월의 나무처럼
훌훌 털어버린 채

이파리가 다 떨어진 후에
나무가 쉬듯이 쉬면서,
밤에 비를 기다리지 않고
새벽에 붉은 기운을 기다리지도 않은 채

그저 조용히, 오 아주 조용히
바람이 오고 가는 동안,
매서운 서리도 반짝이는 적설도
더는 두려워하지 않고

하늘의 하얀 페이지에 남은
얇고 거뭇한 격자무늬를
누가 지나가다 보더라도

무심했으면, 무심했으면.

한밤중에
At Midnight

이제야 마침내 삶이 뭔지 알게 되었어요
끝나는 것은 없어요, 모든 것이 시작되었을 뿐이에요.
아주 멋져 보이는 용감한 승리들도
실은 이긴 것이 아니에요.

내 영혼의 집을 짓게 해준 사랑조차
울적하고 당황한 손님처럼 찾아오고
음악과 남자들의 칭찬과 웃음소리조차도
휴식만큼 좋지는 않아요.

노래 만들기

Song Making

내 가슴은 두들겨 맞은 아이처럼
밤새도록 끊임없이 울었어요.
나는 나의 울음들을 붙잡아
꿰어서 노래로 만들 수밖에 없었어요.

어떤 노래는 검은 한밤의 울음소리였고
어떤 노래는 첫 수탉이 울 때 지었죠 —
내 가슴이 두들겨 맞은 아이 같았어요
하지만 아무도 몰랐죠.

삶, 당신이 나를 당신의 빚에 빠뜨렸기에
나는 당신을 오래 섬길 수밖에 없어요 —
하지만 오, 지독한 빚이죠
꼭 노래로 갚아야 하니까요.

혼자

Alone

나는 혼자예요, 사랑에도 불구하고

내가 받고 주는 모든 것에도 불구하고요 —

당신의 온갖 다정함에도 불구하고

이따금 나는 사는 게 기쁘지 않아요.

나는 혼자예요, 마치 내가 피곤한

회색 세상의 최고봉에 서 있는 것 같아요.

내 주변에는 휘몰아치는 눈뿐,

내 위에는 끝없이 펼쳐진 우주

땅이 은폐되고 하늘도 은폐되어 있죠.

그래서 내 영혼의 자존심이 간신히,

이미 죽어서 외롭지 않은 이들의

평화에 얼씬 못하게 나를 막고 있어요.

붉은 단풍나무

Red Maples

작년에 나는 내 믿음을 살 만한

이가 얼마나 적은지를 깨달았어요.

내가 사랑했던 친구가

죽음을 맞아 흙으로 돌아갔고

내가 예전에 몰랐던 공포들이

나의 문을 두드리고 또 두드렸죠 ─

"적게 바라고 더 적게 청할게요."

내가 말했죠. "행복은 없어요."

나는 마침내 현명해졌죠 ─ 하지만 어떻게

내가 버드나무 가지에 번들거리는 빛을 숨기고

비에서 나는 향내를 막을 수 있겠어요

4월이 다시 여기에 찾아왔는데요?

단풍나무가 희부연 불꽃에 휩싸여 있는데

내가 그 오랜 욕망에 무슨 말을 할 수 있겠어요,

고통에서 태어난

내 안의 기쁨을 어찌해야 할까요?

채무자

Debtor

내 영혼이 여전히

기쁘게 숨 쉬며

죽음의 검은 얼굴 앞에서

자존심의 깃털들을 세우는데,

사랑과 명성에 대해

여전히 궁금해서

세월이 길들이지 못할 만큼

내 가슴이 벅차오르는데,

어떻게 내가 운명과 다툴 수 있겠어요

삶이 나의 채무자가 아니라

내가 삶의 채무자라는 것을

빤히 알 수 있는데요?

독미나리에 부는 바람
The Wind in the Hemlock

강철 같은 별들과 놋쇠 달이여,

너희는 지나가는 나를 몹시 조롱하듯 바라보지만!

너희도 나만큼 잘 알고 있지, 어쩌나 빨리

내가 별들과 달에 눈이 멀고

독미나리나무에 부는 바람 소리에 귀가 먹고

갈색 땅이 나를 짓누르면 말문이 막히는지를.

질투 어린 거뭇한 분노를 견디면

별들, 너희의 차갑고 무심한 응시,

상심해서 증오에 빠졌다가 올려다보면

달, 너의 맑은 불멸의 잔이

어스름한 붉은색에서 금빛으로 변해가지 —

내가 죽고 세월이 가고 또 가도

빛으로 가득 찼다가, 이내

비워지고, 다시 가득 채워지겠지.

사람이 무슨 짓을 했기에 사람만

죽음의 노예가 되어 — 이토록 잔혹하게

짓밟혀, 태어날 때부터 안달복달
그를 기다리는 땅으로 돌아갈까?

오, 내 눈을 감아 버리자, 닫아서
별들과 대지의 광경을 차단하고
이 나무 옆에 잠시 숨어 있자.
독미나리, 너의 향긋한 가지들 사이로는
어떤 분노도 어떤 의심도,
불멸하는 것들의 질투도 들락거리지 않고
바다의 밤-바람이
베일에 싸인 음악으로 끊임없이 속삭이며
나의 흔들리는 영혼에 노래하지.
너의 향긋한 어둠 속에서 꿈틀대다가
약한 둥지에서 울새들이 깨어나
나직하고 나른한 노래를 지저귀고 ―
너는 나, 나마저도 품어주나니.
너의 고요한 집에서 너는
바람, 여자와 새를 살게 해주나니.
너는 나에게 말하고 나는 들었지 :

　　　내가 평화롭다면, 나는 아름다움의
　　　얼굴을 계속 보리라.

아름다움의 술과 빵을 먹고 살며
나는 완전하게 위로받으리라,
아름다움이 나의 잃어버린 영원만큼
풍성한 하루를 내게 만들어줄 수 있기에.

사라 티즈데일의 삶과 문학

Sara Trevor Teasdale, 1884.8.8~1933.1.29

사라 티즈데일(Sara Trevor Teasdale, 1884.8.8~1933.1.29)

사라 티즈데일은 1884년 8월 8일에 미국 미주리주 세인트루이스에서 태어났다. 풍족한 가정의 막내딸로 태어난 사라에게는 20세, 14세의 두 오빠와 17세의 언니가 있었다. 사라는 어려서부터 몸이 허약해서 병을 달고 살다시피 했으며 곁에는 늘 그녀를 간호하고 돌봐주는 사람이 있었다. 그녀는 1907년에 세인트루이스의 지역 신문 『리디의 거울』에 첫 시를 발표하였고, 그해에 첫 시집 『두제에게 바치는 소네트와 기타 시*Sonnets to Duse and Other Poems*』*를 자비로 출판하였다. 그리고 1911년에 두 번째 시집 『트로이의 헬렌과 기타 시*Helen of Troy and Other Poems*』를 출간하여 비평가들의 호평을 받았다. 이 무렵부터 그녀는 시카고에 자주 들러서, 1912년에 유명한 문예지 『시*Poetry*』를 창간한 여성 시인 해리엇 먼로와 친하게 지냈으며, '노랫말 시'를 역설한 시인 베이철 린지를 비롯하여 여러 남자의 구애를 받았다.

1914년에, 사라는 가난한 시인 린지의 청혼을 거절하고, 오랫동안 그녀의 시를 숭배한 독자이자 세인트루이스의 사업가 에른스트 필싱어와 결혼했다. 그리고 1915년에 낸 시집 『강물은 바다로*Rivers to the Sea*』부터 자신의 시집들에 「에른스트에게*To Ernst, or To E*」라는 일종의 '서시'를 덧붙이기 시작하였다. 필싱어 부부는 1916

---

* 두제(Eleonora Duse, 1859~1924)는 이탈리아의 여배우.

년에 뉴욕시로 이사했고, 사라는 1917년에 시집『사랑 노래*Love Songs*』를 출간하였다. 그녀는 이 시집으로 1918년에 미국 시협회가 주관하는 컬럼비아대학교 시상1922년에퓰리처상시부문으로개명을 최초로 받았다. 그녀는 1920년에 시집『불꽃과 그림자*Flame and Shadow*』를 냈고, 시집『달의 음영*Dark of the Moon*』을 출간한 1929년에 필싱어와 이혼하였다. 필싱어와 그녀의 15년 결혼생활은 비교적 행복했으나, 남편의 잦은 출장이 그녀를 외롭게 했다는 것이 중요한 이혼 사유였다. 이혼 후에, 그녀는 린지를 다시 만나 우정을 쌓기 시작했고, 1930년에 시집『오늘-밤 별들*Stars To-night*』을 출간하였다.

평생 병약했던 사라 티즈데일은 만성 폐렴에 걸려서 심신이 지칠 대로 지친 상태에서, 1933년 1월 29일에 수면제를 과다하게 복용하고 잠들었다가 다시는 깨어나지 않았다. 겨우 49세의 아까운 나이였다. 그리고 그해에 유고 시집『이상한 승리*Strange Victory*』가 출간되었다. 흔히, 간결성과 명료성, 고전적인 형식, 열정적이고 낭만적인 주제를 사라 티즈데일 시의 특징으로 꼽는다.